古典文獻研究輯刊

十 編

曾 永 義 主編

第14冊

宋代山水遊記初探

陳 素 貞 著

國家圖書館出版品預行編目資料

宋代山水遊記初探／陳素貞 著 -- 初版 -- 新北市：花木蘭文化
出版社，2014〔民103〕
序 2+ 目 4+144 面；19×26 公分
（古典文學研究輯刊 十編：第 14 冊）
ISBN 978-986-322-915-5（精裝）
1.宋代文學　2.文學評論
820.8　　　　　　　　　　　　　　　　103014150

ISBN-978-986-322-915-5

古典文學研究輯刊
十　編　第十四冊　　　　　　　ISBN：978-986-322-915-5

宋代山水遊記初探

作　　　者	陳素貞
主　　編	曾永義
總 編 輯	杜潔祥
副總編輯	楊嘉樂
編　　輯	許郁翎
出　　版	花木蘭文化出版社
社　　長	高小娟
聯絡地址	235 新北市中和區中安街七二號十三樓
	電話：02-2923-1455 ／傳眞：02-2923-1452
網　　址	http://www.huamulan.tw 信箱 hml810518@gmail.com
印　　刷	普羅文化出版廣告事業
初　　版	2014 年 9 月
定　　價	十編 18 冊（精裝）新台幣 32,000 元

宋代山水遊記初探

陳素貞　著

作者簡介

陳素貞，1960 年生，中央大學中文系畢業，台灣師範大學國文研究所碩士、東海大學中文研究所博士。著有《北宋文人的飲食書寫──以詩歌為例的考察》、〈宋代鱗介題詠中的自然觀察與書寫〉、〈一種反常合道的生命美學—談北宋飲食饋酬中的戲與乞〉、〈琴高魚：一段詩人與傳說共譜的魚餚典事〉、〈浩瀚與私密梅堯臣雪冬會飲的詩意空間〉、〈記憶、變遷與展望：921 後十年在地餐飲風貌之考察與大坑意象的重塑〉等，目前為中臺科技大學副教授、東海大學中文系兼任副教授。

提　　要

　　本文的主旨，在顯揚宋代山水遊記的成就與價值，其次研究其寫作技巧，並從宋人的遊記中，體會宋人對自然的態度，從儒家積極而樂觀的山水精神，進而引導吾人走向情理並發的理想人生。本文研究對象，以宋人文集中的遊記文章為主，輔以各文學總集、專集，以及古今圖書集成等編中，搜集宋人的遊記作品，加以整理與分析，完成《宋代山水遊記初探》。全文共分八章：

　　首章：緒論。界定宋代山水遊記的範圍，說明本文寫作的旨趣與研究範疇。

　　第二章：宋代山水遊記的承繼與開展。說明歷代山水遊記的發展，以及傳統因素的承傳與開展。

　　第三章：宋代山水遊記的時代背景及其影響。探討宋代政治社會、學術思想、文學藝術等各方面相互錯綜的關係，以明瞭宋代遊記的特質。

　　第四章：宋代山水遊記的發展及其重要作家與作品。以時代為序，透過北宋、南宋以及遺民時期的作家與作品，說明宋代山水遊記的發展情況。

　　第五章：研究宋代山水遊記的題材與內容。

　　第六章：研究宋代山水遊記的形式結構與寫作技巧。

　　第七章：說明宋代山水遊記的成就及其對後代文學的影響。

　　第八章：總結

自 序

　　人與自然有不可分割的關係，人類萬物為自然的一部分，是以先民在觀天象、察地理、體人倫時，形成了三才的觀念。早在三代以前，先賢古聖便了解人與自然界的關係，從周代的《易經》，便說明宇宙萬物動靜明晦的變化，以太極、陰陽、八卦，以簡馭繁，以繁化簡的方法了解自然，以不變、不易、簡易說明了自然變化的原則，因此天文、人文、地文學產生。中國人自古以來，便愛好自然，崇尚自然，順應自然，開創自然，不論儒道思想或諸子百家之言，都依此原則，建立他們的宇宙觀和人生觀。

　　在歷代文學的領域中，自然界的一切景物風光，引發人們幽思冥想，增添美感和生機，成為怡情冶性的主要材料，於是智者樂水，仁者樂山，借山水景物，以入文章，或因景而生情，或因情而抒景，寫景文章，在有文學以來，便是一項不可或缺的類別。有感於我國山水文學實出於劉宋、北魏，如《文心雕龍》所云：「老莊告退，山水方滋。」因而引起我對山水文學發展，有極濃厚的興趣，進而想追究其始末原委。

　　我選擇「宋代山水遊記」作為論文題目，是因為唐以前的山水文學研究，已有人著手，且成果輝煌；宋以後的山水文學，研究的人較少，因此，我將此題，縮小到《宋代山水遊記》的範圍，作為我學術研究的起步。於是開始構思與著手找尋資料，發現它是一個頗為複雜，而牽涉又極為廣泛的問題；因為它是屬於宋代——一個政治、社會、經濟、思想大轉變的時期，以及文學、藝術、哲學各種文化都有精緻輝煌的發展的時期。我所學有限，窮研問題，往往心有餘而力不足。幸承邱師　燮友適時加以指導，同學間相互切磋，以及外子希弦和家人的關切與支持，方得完成；感激之情難以言喻，謹誌於此，以表謝忱。唯篇中疏漏之處，尚祈碩學彥士，不吝賜教。

陳素貞謹識於國立臺灣師範大學國文研究所

中華民國七十五年四月二十日

目
次

第一章　緒　論

第一節　山水遊記的義界

　　「山水」一詞，源於六朝時的山水詩，劉勰《文心雕龍・明詩篇》說：「宋初文詠……山水方滋。」本指大自然的一切現象，包括山川煙霞、日月星象、草木鳥獸等；而南朝時期，往往以「山水」一詞代替「風景」，故所謂之「山水詩」，實指謝靈運式的模山範水的「風景詩」而言〔註 1〕。到了唐代，歌詠自然的詩，實際上是六朝田園詩與山水詩相融合發展的結果。迄至宋代，山水的美學到達極盛，不僅有關山水的詩文、繪畫，以及人與自然的關係，如風水相宅等蓬勃發展，而且對於山水的開發，也不遺餘力；如此一來，則用以登臨觀賞、娛遊休閒的樓閣亭臺，乃至修身明道的寺觀廟宇、書院雅居，皆不得不入於山水中；甚至因地而異的風土人情、史聞傳奇，也成了各地山水景物的特色，所以陸游描述蜀地山水，不忘漁家橋驛《入蜀記》；石湖記遊岷都，亦不遺渠田川峽《吳船錄》。

　　因此，所謂「山水」實應包含兩義：狹義的山水，指的是山川日月自然景象，亦即「自然地理」；廣義的山水，則包括一切人文現象，如各種建築、史蹟名勝、風土傳聞等的「人文地理」。自然地理與人文地理的綜合景象，便是宋代山水遊記的範圍。

　　其次，山水遊記指的是記遊山水的散文。所謂的「記」，乃文體類別之一，如詩體、賦體、論體、記體等；周紹賢以為是指文章作法而言，《中國文學述

〔註 1〕 參見林文月教授：《山水與古典・中國山水詩的特質》，頁 23，純文學出版社。

論》第十二章文體。最早的「記」屬雜文類，《文心雕龍》分文體爲二十類，其中雖有「雜文」一類，而範圍極混雜。迨宋，體制益繁，宋初立宏辭科，制舉之文，皆有程式，而「序」、「記」也在其中。姚鉉編《唐文粹》，分文體二十二目，十三曰古文，十六曰記；馮書耕《古文通論》說：「第十三類曰古文，其中有論說體、序跋體、辭賦體，可分隸於論、序、賦、記各類。」而後呂祖謙編《宋文鑑》，鉅細畢收，更分爲六十一門，其中記體仍備焉。到了明代徐師曾《文體明辨》，文愈盛、類愈增而體愈眾，然而其於「記」體的變化，則有詳細的說明：

> 按《金石例》云：「記者，記事之文也。」〈禹貢〉、〈顧命〉乃記之
> 祖，而記之名，則昉於《載記》〈學記〉諸篇。厥後，揚雄作〈蜀記〉，
> 而《文選》不列其類，劉勰不著其說，則知漢、魏以前，作者尚少，
> 其盛自唐始也。其文以敘事爲主，後人不知其體，顧以議論雜之。

又說：

> 然觀〈燕喜亭記〉，已涉議論；而歐、蘇以下，議論寖多，則記體之
> 變，豈一朝一夕之故哉？

於是分記爲三品四體：「正體」若柳宗元遊記，「變體」若歐、蘇等滲以議論之記，「別體」則爲篇末繫以詩歌，若范仲淹〈嚴先生祠堂記〉等，此外還有「變而不失其正」一體。徐師曾辨體雖備，然不免治絲愈棼，所以到了清代，姚姬傳撰《古文辭類纂》時，裁合刪削爲十三類，其中第九類爲雜記；曾國藩據此加以補苴刪併，更爲三門十一類，雜記屬於載記門，他在序中說：

> 雜記類，所以記雜事者，……後世古文家修造宮室有記，遊覽山水
> 有記，以及記器物、記瑣事皆是。

其中「遊覽山水有記」即一般所謂之「山水遊記」。

　　遊記以記遊山水爲主，以記敘法爲表達主旨的方式，同時是散文中重要的品門；自魏晉六朝以來，歷代著名的文章家，皆有遊記之作〔註2〕。散文的特色在於不講駢對，有別於韻文，張定華所謂：「作者用簡練文字的形式，通過客觀的敘述和人物的敘述，以求得思想的傳播，進而達成感情共鳴的願望。」（《散文發微》）故可「時而抒情，時而敘述，時而議論，錯綜複雜。」（同上），因此，以散文爲遊記，方能：一則擺脫形式（如詩詞）的限制，使體式活潑

〔註2〕如謝靈運：〈遊名山志〉、柳宗元〈永州八記〉、陸游〈入蜀記〉……明末徐宏
　　　　祖〈遊記〉等。

輕靈；二則不受文字聲律的羈絆，可直接表達情感與思想；三則篇幅長短不拘，可因應內容而變化，促進遊記文學多樣性、綜合性的發展，宋代山水遊記即其顯例。

此外，山水遊記有別於一般的地理志，如《洛陽記》、《吳興記》等，及專載風俗之《陳留風俗傳》、敘述建築寺觀之《洛陽宮殿簿》等〔註3〕。余光中說：「遊記有時有地，當然更有人，有了人，當然要敘事、抒情、議論；沒有人，也可以專寫景地，論形勢，便成了山水記或地方志，屬於輿地學了。」〔註4〕

所以「山水遊記」等單的說，就是記遊山水的散文，它的內容大致包含「遊踪」、「風貌」與「觀感」三要素〔註5〕，它的題材，則凡「宇宙間的名山大川、各地雕刻建築、造像壁畫，美人名士遺事，可歌可泣舊蹟，使成一幅自然與人文交織成的、觀賞不盡的圖畫。」〔註6〕

因此山水遊記便包括了記述自然界的山水，和人文的山水，而山水也只是一切風景的統稱。

第二節　研究動機與目的

在中國文學藝術的領域內，「山水」是一個特殊的題材，不僅由於它清麗眩目的面貌，更由於隱藏於背後，有獨特的意識與思想情感，所謂「心存忠義，身處閒逸，情眞，景眞，事眞，意眞。」〔註7〕——由實境與意境、道心與情性的自得相忘，而體會了心存於天地，情通於萬物的宇宙人生本質。

魏晉六朝時代，是中國文人首度識取山水精神的啓蒙時期，無論是謝靈運的山水詩，或陶淵明的田園詩，都有著極清明的情致，如司空圖《詩品》

〔註3〕參見《中國史學要籍介紹》，第七章，頁151。明倫出版社。
〔註4〕余光中：〈仗以底煙霞——山水遊記的藝術〉，中華日報十二版，民國71年，11月3日到5日。
〔註5〕見張壽康主編：《文章學概論》，1983年，6月。又余光中先生以為：因題材的偏重，遊記有主流、支流之別；主流的遊記仍是志在山水，若目的不在山水，所述景色和事件，只是偶而相值，並非刻意求來，則屬於支流的遊記。——參見註4。
〔註6〕朱偰：《論遊記文學》，（《東方雜誌》卷四〇）五號，民國33年3月15日。
〔註7〕陳繹曾《詩譜》評陶淵明之〈田園詩〉，見於程兆熊《中國文學論第二》，頁39所引。此亦可移之於山水詩文。

中的：「清澗之曲，碧松之陰，一客聽琴。性情所致，妙不自尋，遇之自天，冷然希音。」（同上註），此種味外之味，意外之意與形外之美，發展成了中國山水文學的審美觀，也是一切藝術的最終境界；可以說，中國的人文精神，是取自於自然的山水！

我國山水文學自魏晉六朝以來，一則著重於詩詞等韻文的創作，一則偏向了佛道消極的個人主義色彩；到了唐代，雖有相當成就，然而在形式與內涵精神上，並無積極而重大的突破。古文運動興起後，元結、柳宗元以散文致力山水遊記的寫作，始為山水文學展開了新的道路。然而，真正建立山水遊記積極的人文精神以及寫作技巧的，卻是在宋代——一個文學、藝術、哲學、思想各方面皆臻於極致的文化豐收時代；在這個時代裏，山水藝術的滋養也達到了飽和的狀態。有了宋代文化的滋養與文人孜孜不息的寫作為基礎，山水遊記才能在明代大放異彩，這是中國文人對於山水精神再度的識取，也是山水遊記最重要的蛻變時期。

然而，歷來對於山水遊記的研究，魏晉六朝則溯自陶、謝及酈道元《水經注》，唐則首推柳宗元，明則《徐霞客遊記》與《晚明小品》，對於承先啟後的宋代作品，獨闕而弗論，或僅片面一提陸游、范成大而已，實乃山水遊記，甚至山水文學與山水藝術發展史中的缺憾——此即本論文的研究動機；至於其目的，一則在顯揚宋代山水遊記的成就，以確立其於文學史上的地位與價值。再則研究其寫作技巧，以為學習的典模。三則從宋代遊記的人文精神中，重新檢討吾人對於自然的態度、觀點，體驗與學習孔子「樂山樂水」的精神境界，以及「天行健，君子以自強不息」的積極人生觀，以此建立人類心靈的相互關懷與清明的理智，引導吾人走向情理並發的理想人生。

第三節　研究方法

一、資料來源

本文以藝文出版社所輯的《百部叢書集成》、商務印書館編的《國學基本叢書四百種》和《四部叢刊》、中華書局的《四部備要》、河洛圖書出版社的《夏學叢書》等有關宋人文集著作，以及鼎文書局出版社的《古今圖書集成·方輿彙編·山川典》中宋人作品、世界書局的《宋人題跋》為主要資料來源，

另外參閱清代姚鼐所編《古文辭類纂》、吳楚材所編《古文觀止》等散文選，以爲選文之參考。

　　資料來源雖夥，然牒帙繁富，疏漏缺遺，在所難免，惟期可約略窺見宋代山水遊記之概貌。

二、選材原則

　　1. 依本章第一節所界定的廣義山水遊記爲原則。

　　2. 支流的山水遊記（見註 5），摹景或敘遊必須有全文一半以上的份量，方得入選。其餘者，只好列題備參考之用。

三、撰寫方法

　　本論文章節順序之安排，除緒論、結論外，二至七章爲本論，其大旨如下：

　　第一章：緒論。分就宋代山水遊記之義界、研究動機與目的、研究方法加以敘述，以確立範疇和標的。

　　第二章：宋代山水遊記的承繼與開展。首先說明歷來山水遊記的發展及其傳統因素的承傳，次就山水遊記在宋代的內（精神內涵）、外（寫作技巧）轉變之因，以明瞭整個宋代山水遊記的特質因素。

　　第三章：宋代山水遊記的時代背景及其影響。詳細探討宋代政治社會、學術思想、文學藝術以及經濟文化各方面的情況與其間相互錯綜的關係，而說明其於宋代山水遊記的影響。

　　第四章：宋代山水遊記的發展及其重要作家與作品。本章以時代爲序，透過北宋、南宋以及遺民時期的作家與作品之特色，說明山水遊記的發展情況。

　　第五章：宋代山水遊記的題材與內容研析。

　　第六章：宋代山水遊記的形式結構與修辭技巧研析。

　　——以上兩章，乃就作品本身作詳細的探討，以發掘其形式內容修辭等，各方面的表現技巧及特色，藉以說明其藝術成就。

　　第七章：宋代山水遊記的成就及對後代文學的影響。就其藝術成就與精神特質，來闡明宋代山水遊記的特色，並舉例說明其對後代文學的啓示與貢獻。

　　第八章：總結。總結前七章之大旨，並詳述其文學史上的價值。

　　凡採前賢之說，則標明出處；至於山水遊記本身作品之引用，則注明篇章即可，至於其出處，統見於參考書目。

第二章　宋代山水遊記的承繼與開展

第一節　宋代山水遊記的承繼

一、山水遊記的源起與發展

　　山水煙霞向為文人寫景寄意的對象，山林文學雖然遲至五世紀，陶、謝等人以自然景物為題材的山水詩，始正式形成〔註1〕。然而文人以自然為心靈理想的歸宿，以自然為性情陶冶、甚至師心學習的對象，卻早於先秦時代，即已發生；孔子曰：「仁者樂山，智者樂水。」（《論語·雍也篇》），莊子也說：「山林歟，皋壤歟，使我欣欣然而樂歟！」（《知北遊》）又說：「大林丘山之善於人也……」（《外物篇》）此乃對自然之愛好與親和感，更含有濃厚的哲學意味。

　　五世紀的「莊老告退，而山水方滋。」（《文心雕龍·明詩篇》），以及當時的社會、文藝思潮，造成山水詩的興盛；而早於《詩經》、《楚辭》時代，雖已有寫景之詞〔註2〕，然而並非詩人所欲歌詠的直接對象〔註3〕，至《漢賦》雖出現大量山水詩句，然皆為誇耀自身才學而作，並以推砌詞彙為目的，於

〔註1〕 參見林文月：《山水與古典》，從遊仙詩到山水詩，頁1，純文學出版社。
〔註2〕 如《詩經·秦風蒹葭》：「蒹葭蒼蒼，白露為霜，所謂伊人，在水一方。」《小雅·采薇》：「昔我往矣，楊柳依依，今我來思，雨雪霏霏。」等，而《豳風七月》則描述田園風光。《楚辭》之〈湘夫人〉、〈漁父〉、〈山鬼〉等，對於山林之景，描寫更為綺麗。
〔註3〕 參見王國瓔：《詩經中的山水景物》，中外文學，八卷一期，頁118。

描寫真實之自然美，反予以忽視〔註4〕。故清初大家王士禎以為：

> 詩三百篇⋯⋯獨無刻畫山水者，間亦有之，亦不過數篇，篇不過數
> 句，如漢之廣矣、終南何有之類而止。漢魏間詩人之作，亦與山水
> 不相及。迨元嘉間謝康樂出，始創為刻畫山水之詞。」（《張宗楠輯・
> 王士禎帶經堂詩話卷五》）

山水詩之興盛，間亦帶動整個山林文學的發展，六朝時的寫景文亦為前代所
絕少；即如周秦兩漢散文發達，寫景文亦唯東漢〈馬第伯封禪儀記〉為善而
已〔註5〕。可謂寫景文真正的發展期在六朝。而近人或謂：〈游名山志〉的作
者謝靈運，不僅為山水詩之大師，亦為山水遊記之遠祖，實則〈游名山志〉
只是零星片斷之條文，未必能真正看出六朝寫景文的透別精美，如：

> 永寧安固二縣中路東南，便是赤石，又枕海巫湘，三面悉高山，枕
> 水渚山溪澗，凡有五處；南第一谷，今在所謂石壁精舍。

——如此之單調，幾可入輿地學矣。

魏晉六朝寫景文之雋永深味，幾盡表現於書札、序記等日常小品中，蓋其時
文人欣賞風景，不惟虛靈化，且亦情致化、日常化矣。《世說新語》載：「簡
文帝入華林園，顧左右曰：『會心處不必在遠，翳然林水，便自有濠濮間想也，
覺鳥獸禽魚，自來親人。』」宋書《謝靈運傳》亦載其：「好登山，陟嶺必造
幽峻，巖嶂十數里，莫不盡躡，嘗著大屐，上山則去前齒，下山則去後齒。」
凡此種種，於使傳筆記中，屢見不鮮，可見六朝文人之愛慕山水，已到「一
往有深情」的境地了。

六朝寫景文首推晉陶淵明的〈桃花源記〉，其文輕逸自然，純乎散文，於
六朝駢風中，一枝獨透，可謂山水小品的經典作。其次〈廬山諸道人遊石門
詩序〉〔註6〕，全篇反覆吟詠，文在於駢散之間；王羲之〈蘭亭集序〉〔註7〕，

〔註4〕 參見《魏晉的賦與自然》，小尾郊一著，高輝陽譯，創新周刊四三〇期。

〔註5〕 陳柱：《中國散文史》云：「寫景之文⋯⋯周秦諸子，亦頗少見。兩漢散文，
則以論事記為最優，寫景文則唯東漢馬第伯封禪儀記為最善。」並引《石遺
室論文》，錄其中一段云：「至中觀，去平地二十里，南向極望無不觀，仰望
天觀，如從谷底卻觀抗峰；其為高也，如視浮雲，其峻也，石壁宜礉，如無
道徑；⋯⋯」頁185，商務印書館。

〔註6〕 〈遊石門詩序〉云：「石門在精舍南十餘里，一名障山，⋯⋯雙闕對峙其前，
重巖映帶其後，巒阜周迴以為障，崇巖四營而開宇，⋯⋯清泉分流而合注，
淥淵鏡淨於天地，文石發彩，煥若披面⋯⋯其為神麗，亦已備矣。⋯⋯」見
《中國散文史》頁187所引。

則氣格稍散，而其〈與謝安書〉〔註8〕，敘蜀中山水，簡短明淨，堪稱山水小品之佳作。

宋則謝靈運〈游名山志〉外，鮑照寫景文亦極精美，如〈凌煙樓銘序〉〔註9〕，而最著名的，迨為〈登大雷岸與妹書〉〔註10〕，其中歷言形勝之奇，煙雲變幻之妍……運意深婉，鑄詞精縟，無怪乎許槤評之為：「即使李思訓數月之功，亦恐畫所難到。」（〈六朝文絜箋注〉）

此外梁代陶宏景、吳均之敘景短札，向為人所稱。陶弘景〈答謝中書書〉〔註11〕，全篇六十八文，敘山川之美，有蕭然出塵之意；吳均文體清拔，號稱吳均體，其〈與宋元思書〉〔註12〕，敘富陽至桐廬一百里，山水沿岸風光及鳥獸蟲魚說之貌，簡潔生動，色彩絕倫，又其〈與顧章書〉〔註13〕，記其旅歷，高澹秀麗，令人神往。此外，〈江淹報袁叔明書〉、〈丘遲與陳伯之書〉、〈王僧孺與何炯書〉等等，間或敘景，清麗動人。

於陳，則〈後主與詹事江總書〉〔註14〕，胸懷自然，而不事雕琢；又〈徐

〔註7〕　王羲之：〈蘭亭集序〉云：「永和九年，歲在癸丑，暮春之初，會于會稽山陰之蘭亭，修禊事也。……崇山峻嶺、茂林修竹，又有清流激湍，引以為激觴……」見於〈漢魏六朝百三家集〉，王右軍集。新興書局。

〔註8〕　王羲之：〈與謝安書〉：「蜀中山水如峨眉山，夏含霜胞，碑板之所聞，崑崙之伯仲也。」同上。

〔註9〕　〈凌煙樓銘序〉：「……伏見所製凌煙樓，棲置崇迥，延眺平寂，即秀神皋，因基地勢，東臨吳甸，西眺楚關，江水奔寫，……」同上，《鮑參軍集》。

〔註10〕　〈登大雷岸與妹書〉：「……南則積山萬狀，爭氣負高，含霞飲景，參差代雄……東則砥原遠隰，七端靡際，寒蓬夕卷，古樹雲平，……西南望廬山，又特驚異，基獻江潮，峰與辰漢連接，上常積雲霞、雕錦縟，若華夕曜，巖澤氣通，傳明散綵，赫似絳天，左右青靄，表裏紫霄，從嶺而上，氣盡金光，半山以下，純為黛色，……」見於《六朝文絜箋注》卷七）。學海出版社。

〔註11〕　〈答謝中書書〉：「山川之美，古來共談，高峰入雲，清流見底，兩岸石壁，五色交輝，青林翠竹，四時俱備，曉霧將歇，猿鳥亂鳴，夕日欲頹，沈鱗競躍，實是欲界之仙都，自康樂以來，未復有能與其奇者。」同上。

〔註12〕　〈與宋元思書〉：「風煙俱淨，天山共色，從流飄蕩，任意東西。自富陽至桐廬一百許里，奇山異水，天下獨絕，水皆縹碧，千丈見底，游魚細石，直視無礙，急湍甚箭，猛浪若奔，夾岸高山，皆生寒樹，負勢競上，互相軒邈，……」同上。

〔註13〕　〈與顧章書〉：「……梅谿之西，有石門山者，森壁爭霞，孤峰限日，幽岫含雲，深谿蓄翠，蟬鳴鶴唳，水響猿啼，英英相襍，綿綿成韵。……」同上。

〔註14〕　〈陳後主與詹事江總書〉：「……每清風朗月，美景良辰，對群山之參差，望巨波之滉瀁，或翫新花時觀落葉，既聽春鳥，又聆秋雁，未嘗不促膝舉觴，連情發藻。……」同上。

陵報尹義尙書書〉〔註15〕，故鄉慕戀之情，油然紙外；而〈沈烱答張種書〉〔註16〕，微婉綿麗，情文並茂。南朝綺麗風光，盡在其中了。

除了南朝綺思綿渺的情景外，北朝亦未遜色。北魏〈祖鴻勳與楊休之書〉〔註17〕，記范陽雕山景物，亦頗清雋幽峭；然而北朝遊記最著稱的，是爲酈道元與楊衒之二家。

北朝文學不及南朝，然樸實可愛，在山水遊記而言，有酈道元《水經注》，詳述一千二百五十二條水，爲考查古代水道之重要資料，然其文字清麗，刻畫山水精采動人，饒於詩意，常爲後人寫景詩文的依據。例如記三峽一段〔註18〕，綜述四季景色，每成千古佳話，實堪爲山水遊記的典範。楊衒之所撰的《洛陽伽藍記》，雖以記北魏時洛陽佛事爲題，實則意在記錄洛陽勝景，評述時政，並抒寫風土民情〔註19〕，影響後世人文地理遊記頗深；《四庫全書總目提要》云其：「禮麗透逸，煩而不厭，可與酈道元《水經注》肩隨。」（《史部·地理類三》）——評價之高，可想而知了。

六朝的寫景遊記，由於巧構形式之言盛行，駢偶之風瀰漫，所謂「儷采百字之偶，爭價一字之奇。情必極貌以寫物，辭必窮力而追新。」（《文心雕龍·明詩篇》），間亦使山水描寫趨於美化與誇飾；到唐代柳宗元，雖致力於古文運動，化駢爲散，而其山水遊記，猶未必廢駢偶，故人稱之「詩化散文」，在中國文學發展史中，這是把詩歌中盛行的對偶與聲律，應用於散文的最大成就，可謂受六朝寫景文的影響。

〔註15〕 〈徐陵報尹義尙書書〉：「……河朔年芳，雖常淹晚，白溝浼浼，春流已清，紫陌依依，長楊稍合。……」同註7，《徐僕射集》。

〔註16〕 〈沈烱答張種書〉：「若乃三江五湖，洞庭巨麗，寫長洲之茂苑，登九曲之層臺，山高水深，雲蒸霧吐，其中之秀異者，實虎丘之靈阜焉。冬桂夏柏，長蘿脩竹，靈源秘洞，轉側超絕，交羅戶穴。」同上，《沈侍中集》。

〔註17〕 〈祖鴻勳與休之書〉：「在本縣之西有雕山焉，其處閒遠，水石清麗，高巖四匝，良田數頃，……蘿生映宇，泉流遶階，月松風草，綠庭綺合，日華雲實，旁沼星羅，……」同註10。

〔註18〕 《水經注》云：「自三峽七百里中，兩岸連山，略無厥處，重巖疊嶂，隱天蔽日，白非停午夜分，不見曦月，至於夏水襄陵，沿泝阻絕，或王命急宣，有時朝發白帝，暮宿江陵，其間千二百里，雖乘奔御風，不以疾也。春冬之時，則素湍綠潭，迴清倒影，絕巘多生怪柏，……」

〔註19〕 例如〈卷五〉城北云：「凝圓寺……至扶南國，方五千里，南夷之國，最爲強大，民戶殷多，出明珠金玉及水精珍異；凡南方諸國皆因城郭而居，多饒珍麗，民俗淳善，質直好義，……」

六朝雖難脫駢偶氣息，然而純白描的寫景法也漸增多，陶淵明的〈桃花源記〉自不待言，他如敘景小札皆有之，若鮑照〈大雷岸與妹書〉，雖以作賦的氣局寫作，然「從嶺而上，氣盡金光，半山以下，純爲黛色」，已不可稱作「駢」，而酈道元《水經注》更是散勝於駢。

寫景遊記歷隋至唐初，竟如桃花一現，未幾，幾消失殆盡，迄至古文運動，以復古爲名，創其革新的散文體，始再復甦。山水遊記則首推柳宗元，蓋其「委廢於世，恒得與是山爲伍」，他的作品特色有二：一則寄託生活遭遇與悲憤情感於山水中，使得山水人格化、感情化；一則以細微的觀察力與深切的體驗，刻畫山水眞實面貌，而形象生動、色澤鮮明，詩情畫意，宛如在目。所以余光中贊美他說：「到了《永州八記》，遊記散文才兼有感性與知性，把散文藝術中寫景、敘事、抒情、議論之功，治於一爐。」（同第一章註4）

故中國遊記眞正奠基人，非柳莫屬。明代王思仁說：「司馬子長善遊，天未啓其聰，不曉作記，記自柳子厚開，其言鬱塞，山川似藉之而苦。」〔註20〕除柳宗元外，若初唐的王勃、駱賓王、陳子昂等，盛唐的李白、元結，中唐的韓愈、獨孤及、符載、白居易等人，也善爲記山水〔註21〕。實則初唐寫景仍未脫六朝駢儷之氣，陳子昂起「始變雅正」，李白已大量遣用散句〔註22〕；至元結出，致力倡古體，黜華崇實，始作記體，其〈右溪記〉〔註23〕風格清幽閒靜，下開柳宗元山水遊記。自此山水遊記隨古文運動而益加發展，文苑英華的記體宴遊類，數量頗多；故謂山水遊記爲散文運動的最高收獲，實不虛言。

迄於晚唐，國勢衰頹，所謂「商女不知亡國恨，隔江猶唱後庭花」——社會混亂，綺靡之風再起，古文運動遭其挫，山水遊記再度衰微，待其又興，則已入宋矣。

從另一方面來看，山水遊記發展到元、柳，雖已正式形成，然而在體制

〔註20〕見於陳少棠：《晚明小品論析引王季重十種之雜序》。

〔註21〕其作品及特色，參見陳啓佑《唐代山水小品文研究》第六章，文化大學中國文學研究所博士論文，民國74年4月。以及《文苑英華》「宴遊」類之「記」。

〔註22〕例如〈冬夜於隋州紫陽先生飧霞樓送烟子元演隱仙城山序〉云：「……絨狋我，綠蘿未歸。恨不得同棲烟林，對坐松月。有所款然，銘契潭石。乘春當來，且抱琴臥花，萬枕相待。……」

〔註23〕〈右溪記〉云：「道州城西，百餘步，有小溪南流，數十步合營溪，水底兩岸，悉皆怪石，敧嵌盤缺，不可名狀。流清觸石，洄懸激注，佳木異竹，垂陰相蔭。……」見於《文苑英華》。

方面，多為小品雜記，以一時一地之遊為限，或寫一石一洞之景，文雖巧麗傳神，而數量、規模皆有限，像酈道元《水經注》般，有系統的長篇巨製，在唐代幾乎找不到。惟元和平年間，道士徐靈府有《天台遊記》一卷（見於《直齋書錄題解》所錄），全文五千言，詳述天台及周圍八百里大小叢山之景勢，然而除了多仙道傳聞外，幾乎無述及抒情敘遊的情狀，可說是道教的地理專著而已。至於柳宗元《永州八記》，依序介紹永州景色，八篇自成一體，已開有系統的長篇遊記先鋒，然比之《水經注》，仍不及項背。一直要到宋代山水散文全面的發展，以及渡江之後地理環境的變異，山水遊記在數量與規模上，才有顯著的拓展。

至於六朝楊衒之所作，以記一城一域、人文風土為主的《洛陽伽藍記》，到宋代，則類似續作的有李格非《洛陽名園記》、孟元《老東京夢華錄》、吳自牧《夢梁錄》、張澧《遊城南記》等，雖多半為緬懷故土之作，甚至近於方志之學，然於敘述景事，亦頗有可觀。

此外，唐去六朝未遠，古文運動雖於中唐興起，而駢風難盡，寫景抒情仍以駢散兼用為要；宋代承襲唐代古文運動，散文蓬勃發展，不僅造成風氣，甚至使詩賦都散文化了，寫景抒情，雖仍帶有濃厚「詩意」，然而景色的烘托，卻以白描筆法為主，精委麗緻的摹景技巧，處處可見。同時更因文人的覺醒，兼見知性與感性的山水觀，代替了六朝以來，抒情而感傷的山水情懷，為極端追求理智，又內心情感澎湃的宋代文人，尋到了寄寓的園地。

以上種種，就山水遊記的發展來看，宋代可謂是奠基於前，而出藍於後了。

二、傳統因素的啟發與接續

（一）歷來文人喜好山水的傳統

《詩經‧魏風‧碩鼠》有言：「樂土樂土，爰得我所。」——兩千餘年前，詩人即在尋找樂土，然而人類社會諸多不合理的現象，似難救平，於是詩人發現了大自然。大自然不惟充滿美感，且飽含生機，王羲之〈蘭亭序〉云：「仰視碧天際，俯瞰淥水濱，寥闃無涯觀，寓目理自陳，大哉造化土，萬殊莫不均，群籟雖參差，適我無非新。」——情景相融之境，往往啟發文人一個獨特而嶄新的意象，領悟生命的根源而獲得精神的慰藉。到宋代，大自然更成為人們居住、休息、遊賞之處，郭熙《林泉高致》說：「君子之所以渴慕林泉

者」乃「山水有可行者，有可望者，有可游者，有可居者。」蓋：「見青煙白道而思行，見平川落照而思望，見幽人山客而思居，見巖扃泉石而思遊。」（《山水訓》），歐陽脩〈醉翁亭記〉云：「山間之四時也，朝而往、暮而歸，四時之景不同，而樂亦無窮也。」曾鞏〈醒心亭〉也說：「夫群山之相環，雲煙之相滋……使目新乎其所覩，耳新乎其所聞，則心洒酒然而醒，更欲久而忘歸也。」而遊於物外的蘇東坡，更無所往而不樂。宋人非但踐履烟霞，且更希望能臨摹山水以臥遊之，所謂「倘能得妙手，鬱而出之，下不堂筵，坐窮泉壑……此豈不快人意，實獲我心哉！」（《林泉高致·山水訓》），可見宋人之於山水，已至「雖不能往，而心嚮往之」的境地了。

　　山水引人入勝，促成文人喜好山水的傳統，同時「山林皋壤，實文思之奧府」（《文心雕龍·物色篇》），長久以來，文人浸浴於山川之感召中，終於產生了山水文學；且自六朝發展以來，風貌遞新，迄宋而達於極盛。

（二）漢唐以來盛行的佛道潮流

　　自五世紀始，老莊自然主義思想，與外來佛教思想相混合，士大夫往往輕視世務，寄意於人事之外，山水文學於是興起。唐代佛教思想達於鼎盛，至宋代，儒學雖然復興，釋道卻依然流行，甚至與儒家思想相融合，形成新儒學，佛教——禪宗的中國化，也愈益為文士所接納。

　　佛道流行，對於山水遊記的影響，主要有二：

　　思想方面：道家主張淡泊無為，寬簡清淨；佛教教義則以恬淡離俗，不著世相為主。二者皆崇尚自然，有出世之觀，且其修為皆於山川幽靜處，蓋道本身不能形諸文字，只能通過大自然來體現，南朝宗炳云：「夫聖人以神法道而賢者通，山水以形媚道而仁者樂。」〔註24〕，故山水作家，多為虔誠之佛教徒，及道家的崇信者；而文人與僧道往來交遊，更形成風氣，如唐朝柳宗元、白居易，甚至韓愈等，宋則東坡與佛印之交，更成佳話。如此，則於思想上，不得不受其影響。至於宋代佛學——禪宗對山水遊記產生的另一種新的影響，則見於下章時代背景之敘述。

　　題材方面：寺塔道觀之類，遍佈風景區域，天下名山幾被佔盡。其本身往往設於千巖競秀、萬壑爭流中，氣氛幽靜而神秘，又寺院之景觀宏偉狀麗，令人留連陶醉，尤其至宋代，藝術發達，建築精美，釋文瑩《玉壺清話·卷

〔註24〕見於《歷代名畫記》卷六，〈畫山水序〉。

二》，載宋人郭忠恕依小造樣本，折計寺塔建築，其精確之度，令人折服〔註25〕。《宋代山水遊記》得釋道而益形豐富，尤其渡江之後，深山愈多，名寺奧麗之景象，更引發文人暇思，寫入篇翰，使文章增色不少。如王柏〈長嘯山遊記〉描述寶積觀，所謂：

> 有樓峻峙於西岫，丹楹畫棨，欒櫨相因，重閨旋閣，雲蔓霞敞，幽
> 閫深窈，……登方丈，轉至鐘樓之側，有室曰隱齋，……峰巒參差，
> 花木間帶……曲轉兩間，牕前修竹萬竿，遶密環繞。

景緻之縟麗，令人驚嘆！寺廟觀宇既爲文人出沒之地，遊蹤所至，發爲詩文，難怪山水遊記中，處處衲影鐘聲了。

（三）遊歷之風與園林生活的繼續風行

自孔子周遊列國，文人率以遊歷爲尙。司馬遷〈太史公自序〉謂其：「二十而南遊江淮，上會稽、探禹穴、闚九嶷……過梁楚以歸。」故後人稱其文疏蕩而有奇氣。到魏晉六朝，宴遊之風已盛。唐代更視遊歷與門弟、婚姻、考試，並爲士人出身衡量標準。到了宋代，觀遊之風依然盛行，講求爲文之「氣」的古文家們，更視遊歷可以培養文氣；所以蘇轍〈上樞密韓太尉書〉，即以爲百氏之書，不足以激發志氣，必登覽天下名山大川、交天下豪俊賢士，求天下奇聞壯觀，方可廣其目、壯其志，而無遺憾。這些都不是「執筆學爲」所能達到的。章望之〈登州新造納川亭〉，也說山川之樂在於：「其能開人思慮、泰人精神……不然何以孔子登東山而小魯，登泰山而小天下哉？」汪藻則以爲：「自其胸中所積，山川有以發之」（〈鎮江府月觀記〉），可見遊歷對於擴發器識，以及與文章弘博的氣勢，有不可分割的關係。

另外，遊宦、遷貶、探親、訪友，以及南渡之後，文人流離奔波，足跡所踐履，則中國東南、西南半壁風光，盡入於眼廉；陸游、范成大、周必大、謝翱、鄧牧等人，相繼產生長篇日記體遊記，遂開創了中國山水遊記的新境地。

此外，與遊歷風氣同時並起的園林生活，也是啓發山水遊記的一項因素。孟子有謂：「文王之囿方七十里，芻蕘者往焉，雉兔者定焉。」可見園林生活

〔註25〕《釋文瑩》云：「郭忠恕畫樓閣重複之狀，梓人較之，毫釐無差。太宗聞其名，詔授監丞。將建開寶寺塔，浙江匠喻皓料一十三層，郭以所造小樣，末底一級，折而計之，至上層餘一尺五寸，殺收不得，謂皓曰：『宜審之』，皓因數夕不寐，以尺較多，果如其言。黎明叩其言，長跪以謝。」

起源極早；漢代造園漸興，《西京雜記》載袁廣漢的茂陵園，便以富麗奇妍著稱，而許多著名、瑰奇壯麗的漢賦，便是以當時園林爲描寫對象。魏晉六朝迄於唐，山林文學趨於成熟，同時莊園興起，上至天子貴族、下至平民，乃至寺廟觀宇，莫不競相築園，莊園除了是經濟生產單位外，更成了遊賞，養生的佳處。宋代，園林建築隨著藝術觀，而由壯麗堂皇的外貌，轉向清淡深遠與細緻精工的風格，由於技術的進步，不惟構思巧妙，且手法細膩，宋眞宗時的金明園，便是供士庶遊觀，標榜與民同樂而名遐外邦的曲園〔註26〕。

　　園林佳美若此，文人於嗟嘆之餘，不免筆之於文，像歐陽脩《眞州東園記》、蘇軾《靈壁張氏園亭記》、蘇轍《洛陽李氏園池詩記》等，尤爲稱著。南宋以還，諸作尤多，無形中豐富了遊記的內容與題材，使得自然造化與人文巧成相得益彰。

第二節　宋代山水遊記的開展

一、山水內涵與精神的轉變

（一）宋代以前文人的山水觀

　　前述先秦時代，人們即表現出對自然的愛好與親和感，以及濃厚的哲學意味；長久以來，文人對於山水情懷的蘊釀和轉化，造成了山水文學各種不同的內容與風貌。

　　《詩經》時代，詩人已將其對日月山川、鳥獸蟲魚的理解與感受，運用於此興中，所謂「瞻彼淇奧，綠竹猗猗，有斐君子，如切如磋。」（《衛風‧淇奧》），「昔我往矣，楊柳依依，今我來思，雨雪霏霏。」（《小雅‧采薇》），孔子由是美之，「可多識鳥獸蟲魚」，詩人對於山水景物的感情，極爲豐富。

　　在《楚辭》中，詩人──屈原對於山水，卻是一種貶謫自傷之情，如〈懷沙〉首句云：「滔滔孟夏兮，草木莽莽，傷懷永哀兮，汨徂南土。」又〈湘夫

〔註26〕《東京夢華錄》卷七有「小月一日開金明池瓊林苑」條，《三朝北盟會編》卷一七，引《北征紀實》云：「藥師之來，禮遇甚厚，賜以居第……因請觀金明池……」當時契丹降將郭藥師，亦知有金明池，可見其名聞遐爾。又曾慥〈高齋漫錄記〉稱：「宣和間……開金明池，有旨令從官于清明日，恣意遊晏，是夜不扁郭門，貴人競攜妓女，朱輪寶馬，駢闐西城之外，……」以上參見龐德新：《宋代兩京市民生活》。龍門書店，民國63年9月初版。

人〉中：「溺溺兮秋風，洞庭波兮木葉下，……沅有芷兮澧有蘭，思公子兮未敢言。」〈少司命〉中：「秋蘭兮青青，綠葉兮紫莖，滿堂兮美人，忽獨與予兮目成……悲莫悲兮生別離，樂莫樂兮新相知。」這些辭句，都是極佳的山水雋句。王國瓔說：「《楚辭》中，雖有避世離俗，奔向山水以求自我解脫的觀念，但是詩人所奔向的，卻是被自我意識緊緊控制的自然山水，他的心神不但沒有得到解脫，……因此，他不覺山水之樂，卻感濁世之悲，這和後世山水詩忘情於山水之間，與自然融合為一的境界，還有很大的距離。」〔註27〕——《楚辭》強烈鬱憤的自傷之情，足使山川因之變色，草木為之含悲，山水遂不覺而成為失意，文人寄托鬱憤的對象，是以柳宗元山水遊記，雖韻味雋永，能「類萬物之情，窮形盡相，而形容宛肖，無異為真。」（《劉申叔論文雜記》）實則乃欲排解憂悶而入山林；蔡鑄評其〈小石城山記〉云：「子厚謫居楚南，鬱鬱適茲土，……特借山川以自遣……其不平之氣，已溢於毫端。」徐善同亦以為：「自傷不遇」。〔註28〕，所謂子厚欲奇山水，反因山水而自傷，歷來文人士子因不得志而入山林者，又何殊於此？其情更與屈原何異？所謂「情以物遷，辭以情奔」（《文心雕龍·物色篇》），這也是文人的一種山水情懷！

至於與自然融合為一的境界，則早期儒家與道家典籍中，已有存在。

早期儒道兩家的典籍中，即孕育了後世對自然的愛好。大抵而言，儒家的山水觀極具積極的人生道德色彩，《論語·雍也》篇載孔子之言：「知者樂水，仁者樂山；知者動，仁者靜；知者樂，仁者壽。」——此乃孔子欣賞自然，體會自然與人生的心得。〈子罕〉篇載：子在川上曰：「逝者如斯夫，不舍晝夜。」又〈陽貨〉篇子曰：「天何言哉？四時行焉，百物生焉，天何言哉？」——此正《易經》所謂「天行健，君子以自強不息」之義，頗有警惕意味。而〈先進〉篇，孔子許曾點「暮春者，春服既成，冠者五六人，童子六七人，浴乎沂，風乎舞雩，詠而歸」的人生閑趣，朱熹解之為：遊於自然，心安其位，與自然合流，各得其所〔註29〕，這正是所謂「物我合一」、「無入而不自得」的境界。

〔註27〕見於王國瓔：《漢賦中的山水景物》，《中外文學》九卷五期。

〔註28〕柳宗元：〈小石城山記〉云：「噫！吾疑造物者之有無久，……或曰：以慰夫賢而辱於此者，或曰：其氣之靈，不為偉人而獨為是物……。」以上俱見於徐善同《柳宗元永州遊記校評》華岡出版社，民國63年4月出版。

〔註29〕參見《朱熹集注》，所謂：「……蓋有以見夫人欲盡處，天理流行，隨處充滿，無少欠厥，故其動靜之際，從容如此。……樂其日用之常，初無舍己為人之意，而其胸次悠然，直與天地萬物，上下同流，各得其所之妙，隱然自見於言外。……」

　　道家之於山水，則頗有個人浪漫、消極的色彩，蓋莊老虛靜無己之心，落實於具體生活上，則是喜好自然，率眞逍遙，莊子說：「輕得失，超哀樂，遊物外，樂逍遙，齊物我，合天人。」所以：「獨與天地精神往來，而不傲倪於萬物。」（〈天下篇〉）故莊子對於後世山水觀的影響，一則爲美學浪漫之藝術風采，一則爲超脫萬物的入世主義思想。

　　儒道山水觀雖有本質之異，因其終極，皆能達於「物我合一」、「無入而不自得」的境界，這也是宋代文人所努力追求的目標。

　　魏晉六朝文人的山水觀，大抵而言，是道家精神的發揮，其山水觀的形成與表現，簡言之如下：

　　初避禍而遁隱山林→求長生→發現自然的美→成爲風流雅事（竹林七賢）→隱居生活與愛好山林成一體→讚美大自然之辭作。〔註30〕

　　因之，六朝文人之於山水，一則以爲避害或失意隱居之所，再則以爲求仙長生之地，三則視山水爲自適風雅之事，四則以山水爲美的理想與境界。前三者固爲歷代文人所自恃相從的目標，而後者更爲中國藝術精神的發揮。前節說到晉宋人欣賞山水的超玄入境，六朝畫家宗炳更云：「山水質有而超靈」──曾畫所遊之山水，懸於室中，對之云：「撫瑟動操，欲令眾山皆響。」此種虛靈境界的追求，影響所及，不惟詩文繪畫，即如書法雕刻各種藝術，皆講求神韻與超然絕俗的美，而成爲中國藝術精神最高的表現。

　　至於唐代，由於釋道思想盛行，山水中仍然表現了濃厚的玄理色彩。其次因謫貶而飄泊異鄉，其自傷幽憤之情，也往往托於山水中。又，若元結符載等人的慢世逃名，遠離濁世，他們的山水遊記也多蒙上一層憂傷的色彩。如此或傷降謫，或嘆人生飄忽、歷史興衰，或懷鄉思人，使得唐代山水不但無以解憂，反加深了文人的惆悵和苦痛；此種山水情懷，比之宋人「予之無所往而不樂者，蓋遊於物之外也」（蘇軾〈超然臺記〉）之境，去之千里。

　　此外，唐人之於山水，更有所謂「終南捷徑」的企求〔註31〕。早於六朝〈招隱士〉一文，即是譏笑「身在江湖，心存魏闕」者的釣譽沽名，而唐代

〔註30〕參見林文月：《山水與古典》，從遊仙詩到山水詩。
〔註31〕《唐書・盧藏用傳》：「藏用能屬文，屬進士不得調，與兄徵明，偕隱終南、少室二川。長安中，召授左拾遺，司馬承禎嘗召至闕下，將還山，藏用指終南曰：此中大有嘉處。承禎徐曰：以僕視之，仕宦之捷徑耳。藏用慙。」，後世因謂易於入仕之道曰終南捷徑。

文人於政壇諸多不順，所謂「浮雲蔽白日，遊子不顧反」，甚至豪放如李白者，皆不免唏噓之嘆，何況一般文人？如此則或不得不求助於「終南捷徑」了。

綜上所述，自漢魏六朝迄唐，文人山水觀傾向於：

1. 抒情、浪漫的文學傳統。
2. 消極、避世的入世思想。
3. 憂愁、傷怨的失意情懷。
4. 有所企求的終南捷徑。

中唐以後，自韓愈倡導古文，載道之文學觀起，白居易提倡新樂府運動，文學觀已漸漸覺醒，而山水文學亦逐漸透顯出尚用與關懷民志的意願。白居易嘗言：「晉宋以還，得者（指「上以補察時政，下以洩導人情」之文學作用）蓋寡，以康樂之奧博，多遊於山水，以淵明之高大，偏放於田園……於時義微矣。」迄於宋代此種覺醒，更由於社會政治環境與學術文藝思潮的推進，終於扭轉了文學風尚，儒家積極尚用之文學觀興起，文人的山水觀也隨之而改變。

（二）新時代的交接與新山水觀的建立

自中唐貞元、元和以後，社會文化具已大變。都會坊市、莊園會社，形成人口集中地，而工商發達，經濟帶動生活品質的提昇，市民文化興起，各種藝術蓬勃發展，促使知識階層，對於文學、藝術、哲學、思想各方面的新體認，新文學運動也於此時興起（韓愈古文運動與白居易新樂府運動）；同時由於科舉考試拔才，知識階層逐漸代替血統與權力，成爲政治、社會地位的決定力量。宋興，集權中央，採文人政治，文人地位益形提高，使得政治的擔當者，同時也成爲文化的擔當者，因此，文化的內容或形式，也跟著變化，轉移到民間；至此宋型文化與盛唐時的雍容華貴，已大相逕庭。日人青木正兒以爲：「六朝至唐，文人生活以貴族豪華趣味爲主調，到了宋代，文人以庶民質素趣味爲主調。」（《全集‧琴棋書畫》）──正說明了一個新時代的交接與來臨。

凡是與庶民結合的文化，具備了三種特質：第一、它的精神極具社會性與寫實性。第二、它的創作者往往有深刻的社會關情和時代使命感。第三、它的目的也正是步向與庶民結合的實際人生。

因此，宋代文人基本上是處於一種理性的反省時代，此間的文學也是以考察人生爲中心題材，因而表現在山水遊記方面，自然與中唐以前消極避世

的人生觀不同。簡單的說，宋代山水觀是以儒家爲最後的依歸；所謂「白雲抱幽石，綠篠媚清漣」（《謝靈運・過始甯墅》）的仙境美景，與「深林人不知，明月來相照」（《王維・竹里館》）的飄逸脫塵，已被各種因政治社會劇變下的新觀念所取代，如儒家的政治倫理，與理學的自覺反省等；大抵而言，是傾向一種較曠達而樂觀的山水情懷，甚至帶有一股宗教狂熱的理想主義實踐意味。這樣一來，山水遊記的意境與內涵，便無形中開展了——成爲一種「不器」的文學創作。

二、文藝創作尺度與批評標準的改變

理性的反省表現於山水文學中，將山水文學從純然「標舉興會、發引性靈」（《曹丕與吳質書》）的輕薄與沈溺中救起，然而宋人還是極講求審美情趣與感性生活的；他們並非僅是將感性的活動，替換成一種理性的活動而已，他們對於文學藝術的評價標準，是落在「意」上的，所謂的「意」，既非純理性，也非純感性，乃是一種建築於理性與感性，進而轉識成智，終而超越情與理的一種境界；宋人將之歸諸於「性」與「道」，所謂「情合於性」、「理合於道」，因此宋人對於文學藝術的創作，嘗說：「箭在中的非爾力，風行水上自成文」（《姜白石・以詩送江東集歸誠齋》）或者：「無意爲文」（《黃山谷文集卷一七・大雅堂記》）一類的話，如此自然天成的境界，無形中將山水的審美與趣味帶向澹實而強調氣韻的路上。〔註32〕

同時，由於宋人將現實世界的一切對象——包括人——都看成自然之一，因此，對於自然，不只合理的把握自然的秩序，連觀察一個細微的東西，也要發掘它背後所蘊藏的整個生命觀；也因此宋人的遊記，往往要求對自然景象作大量而詳盡的觀察與紀錄，以及因季節、氣候、時間、地點、位置……關係的差異，而作精細準確的描繪，使得山水一方面呈現寫意性，一方面又極具寫實性——此即宋代山水遊記因創作尺度與批評標準的改變，所呈現出來的藝術性格。

綜言之，宋代山水遊記的開展，一則得之於傳統的啓發，一則得自於本身內涵的轉變，尤其是後者，不惟影響了宋代山水遊記的精神特質與審美藝，對於整個山水文化的發展，也有不可磨滅的貢獻。

〔註32〕以上參見龔鵬程：《技進於道的宋代詩學》。

第三章　宋代山水遊記的時代背景及其影響

　　宋代山水遊記的發展，及精神內涵各方面的轉變，雖然淵源於前代及中唐以後社會經濟、文化思想的改變，才得以逐漸脫離六朝以來綺靡緣情、消極避世的風貌，然而中唐與宋代社會文化思潮，是絕對不同類型的，經過轉變期的山水文化，必須再經過宋代特殊環境背景的鍛鍊與洗禮，才算真正建立了它特有的精神與風格，那便是本章要討論的主題。

第一節　政治因素的變遷及其影響

　　太祖陳橋兵變，黃袍加身，即位以來，除了抬高君權，實行中央集權制外，便是刻意推行文人政治，首勒不殺士大夫之誓〔註1〕，啟發文人對於個人人格尊嚴的認識〔註2〕，其次厲行科舉制度，增加文官數目，以智識代替權位，徹底打破中唐以前的貴族官制，使得文人在政治、社會上，有了相當崇高的地位，進而產生強烈的自覺心，主動負起社會國家重任，終於扭轉了五代以

〔註1〕《王船山宋論》，〈卷一〉，頁4：「太祖勒石，鎖置殿中，使嗣君即位，入而跪讀。其戒有三，……二、不殺士大夫……。嗚呼！若此三者，不謂之盛德也不能。」

〔註2〕張陰麟：《宋太祖誓碑及政事堂考》：「太祖不殺大臣及言官之密約，所造成之家法，於有宋一代歷史影響甚鉅。……若就善影響言，則宋朝之優禮大臣言官，實養成士大夫之自尊心，實啟發其對於個人人格尊嚴之認識。」（原載《文史雜誌》一卷七期，後收入《荐萃學社編》，《宋金遼史論集》，香港崇文書店，民國60年）

來，文人輕節的士風〔註3〕。加以宋建國以來，因種種行政措施的失當，外強中乾，屢遭外侮，民族意識反日益深固，尊王攘夷與明道之說再興，士大夫帶著異於唐代貴族的平民學者精神，以及以天下為己任的時代使命感，出來轉移世道，終於走向與唐代士大夫相反的路——將儒學發輝到政治社會的現實問題上，建立起宋代士風的尊嚴。

宋人將儒學實踐到日常生活及政治上，間使得文學內涵精神為之一變，尤其顯著的，便是山水文學———掃六朝以來綺麼的山水情懷，而實之以儒家政治倫理的積極實踐精神，其中尤可舉者如：

（一）先憂後樂的時代精神：范仲淹〈岳陽樓記〉說：「予嘗求古仁人之心……居廟堂之高，則憂其民，處江湖之遠，則憂其君；是進亦憂、退亦憂，然則何時而樂耶？其必曰：先天下之憂而憂，後天下之樂而樂。」范仲淹的覽物之情，同時也代表了宋代文人的憂患意識。王安石〈石門亭記〉也說：「去郊而適野，升高以遠望，其中必有慨然者。……夫環顧其身無可憂，而憂者，必在天下。」其它如曾鞏、三蘇、張栻等北宋古文家、以及南宋諸家，或多或少，莫不心寄於斯。可以說，這是北宋開國以來，內憂外患不斷，文人寢寐隱憂，因見山水而傷時感事，所抒發的胸懷與氣節。

（二）與民同樂的社會關情：宋代士大夫平民意識強烈，對於民間疾苦，體會深刻，凡地方吏治，莫不以民為重，極力發揮儒家仁治的理想，尤其是孔子「庶富教」與孟子「與民同樂」的主張：所以地方官員往往在政通人和、百廢俱興之後，建亭營樓，以育樂百姓，這便是所謂「以德化民」、「寓教於樂」的政治意義。曾鞏〈記擬硯臺之成〉說：「若既因其土俗而治以簡靜，而又得遊觀之美，亦將同其樂也。」；而呂陶〈重修成都樓記〉也以為此乃：「修舊起廢，悅民便俗之理。」；又，葉適〈潮州勝賞樓記〉引太守的話說：「……力能見湖而不為者，民方與我游於麗密之內，我不敢與民縱於青冥之外也。」其〈醉樂亭記〉則更明示：「古之善政者，能防民之佚游，使從其教，節民以醉飽，使歸於德，……因民之自游而為之饗，招民以極醉而盡其利，……又將進於古之所謂治民者也。」山水文學至此，徹底發揮了儒家治民的政治理想，這便是宋代山水遊記中，處處充滿了悲天憫人的緣由。

〔註3〕《宋史·卷四四六·忠義傳序》論：「真仁之世，田錫、王禹稱、范仲淹、歐陽脩、廣介諸賢，以直言讜論倡于朝，於是中外縉紳，知以名節相高、廉恥相高、盡去五季之陋矣。」

　　（三）憂喜不著於心的處世態度：所謂的憂喜，是指個人的得失，范仲淹嘗說古仁人之心是不以物喜、不以己悲的；因為進退廟堂，都以君民為念，自然無所謂悲喜之情了。蘇轍〈黃州快哉亭記〉中，談到人有遇不遇的變化，所謂：「士生於世，使其中不自得，將何往而非病？使其中坦然不以物傷性，將何適而非快？」——前者以天下為念，後者坦然無視於外物，二者都是以曠達的胸襟處於世，以求達於無入而不自得的境地。這正是宋代文人在時代風氣的培育下，所煥發出來的節操，而表現於山水遊記中的內涵精神。

　　政治因素的影響，除了上述內在體制的改變外，尚有外在影響因素，那便是由於政治上的遷貶或履職，而遊宦他鄉，以及外患侵襲、舉國南渡，文人流離奔波所造成的環境差異，和偏安江南後，所經歷、聞見的奇秀風光，使得文人在視視刺激的震憾下，不得不發抒成文，於是一篇篇景緻綿麗的長篇遊記便產生了。

第二節　文學環境的發展及其影響

　　就外緣因素來說，北宋的文學運動，與前述政治及士風有很密切的關係。自中唐韓愈崛起，提倡古文運動，即以儒家道統自居，而宋初文人帶著平民樸實之氣，改變了五代以來浮靡的士氣，他們所本的，就是儒家學說理想的實踐，因此，士風與文風相輔益彰〔註4〕，造成文學內涵的轉變。就文學本身而言，六朝以來，綺麗的文風早已遭人垢病，而唐代古文運動經韓柳等人大力倡導，雖然捨棄浮華，名振一時，然而駢偶之藝難廢，到了晚唐、五代，又急速復興。宋初，楊億、錢惟演等人所領導的西崑體，依然盛行。眞宗時，隨著政治上的講勵氣節，與學術上的儒學復興，即有文學改革之議，他曾說：「近見詞人獻文，多故遠經旨以立說，此所謂非聖人者無法也；俟有甚者，當黜以為戒。」《續資治通鑑長篇・卷六十六》，景德四年秋七月壬甲條）。此時柳開、穆修等人，也早已相繼提倡古文，惟其文章艱澀，未能奏功。直到仁宗時代，歐陽脩出而領導復古運動，以理論與實際成就從事文學改革，其

〔註4〕陳傅良：〈溫州淹補學田記〉云：「宋興，士大夫之學七慮三變，起建隆至天聖明道間，一洗五季之陋，知鄉方矣，而守故蹈常之習未化。范子始與其徒抗之以名節，天下靡然從之，人人恥無以自現也。歐陽子出，又落其華，一本於六藝，學者經術遂庶幾於三代，何其盛哉？」以上見於（《止齋文集》〈卷三九〉），藝文圖書公司，永嘉叢書。——可見士風與文風關係之密切。

後曾鞏、王安石、三蘇起而效之，古文運動遂風靡全國，形成牢不可破的文學指導原則。

古文運動影響文學至鉅，尤其是山水遊記，在古文運動的籠罩下，幾乎脫胎換骨，煥然一新。

（一）從精神內容上來說，宋代古文運動，本來即是謹守儒家的立場，力求教化的功用；蘇門以下，雖日漸重文而道其所道，然要皆不出孔孟範圍；而山水文學演進到魏晉六朝，雖有長足的進步，然而由於文學長期的自由解放，完全脫離了功用與道德的立場，走上高蹈隱逸、浪漫緣情的色彩，此時山水文學竟同於宮體詩，也成了消沈淫靡文學代表；唐代白居易雖已查覺到六朝山水的「多高情，不聞善政」之失，然而，一般說來，唐代山水詩文依然籠罩著濃厚的六朝風味，甚至更加添了功利主義色彩。直到宋代，當載道的文學觀根深蒂固地深入人心後，淪為隱逸、唯美象徵的山水文學，終於得到解脫，走向它本應有的積極、樂觀而開闊的道路。所以真德秀〈溪山偉觀記〉說：「見山而悟靜壽，觀水而知有本，風霜雨露接乎吾前，而天道至教亦昭昭焉可識，……登覽也，所以為進修之地，豈獨滌煩疏壅而已耶？」

（二）從文學體式來看，中唐以前，尤其是魏晉六朝，大都盛行貴族文學，這些作品的中心是詩，以及少數小品駢散文，而宋以後的文學，認為這些都是浪費語言而已，必須進一步描寫人生；因此，散文也成了文學的重點，在古文運動下，提倡自由形式的散文，此後，散文便逐漸支配著文體，成為文學的主流〔註5〕，甚至連詩賦都散文化了。

至於山水文學亦然，在六朝時，雖有書札式的小品散文遊記，然而比起主要的山水文學形式——詩，卻顯得微不足道。唐代山水文學仍以詩賦為重點，而山水散文小品多贈序，送序之作；到元結、柳宗元以下，始多記體。宋代由於散文的發達，遊記遂以記體為主，且數量之多，非前代所能比擬。同時，遊記的功用，由送行、記遊到考察、記事、備忘……皆有，體式由書、序、題跋到雜記、小品都有，種類繁多，篇幅則由一、二十字到數半、甚至上萬言的長篇巨製皆備，尤其是日記體的長篇遊記，更是宋以前所罕見，這些都因散文勃興，文體解放後，所造成的結果。

（三）從寫作技巧上來看，六朝山水詩的布局結構，以「記遊→寫景→

〔註 5〕 參見黃君翁：《宋代美術》，《中國美術史論集》。

興情→悟理」為主〔註6〕，書札小品亦然；而此種結構也普遍在在唐代山水小品文中〔註7〕。到了宋代，山水遊記的布局結構，隨著散文化與內容題材的豐富，也呈現了多元性的現象；除了遊記、寫景、興情、悟理的錯綜交替外，又增添了議論、風土、史聞、傳奇等內容的配合。有的偏重敘景、有的偏重抒情議論、有的偏重風土史聞、有的寫景而兼及史事、有的載土功而不廢摹景敘遊……，而有的以時間法連繫全文，有的以空間法接續篇章……內容結構，不一而式。至於表意修辭與形式設計，凡摹、譬喻、轉化、排偶、層遞……無不具備；因此，整體風格表現，或質樸平易，或綺麗寫實、或清遠幽澹、或委曲詳盡；此外，更有小說傳奇般的趣味，與輿地史志的真實色彩──山水文學至此，可以說在形式結構與修辭技巧上，皆已臻於成熟了。──這也是散文突破詩賦的成就之一。

此外，由於宋代散文的大力推行，以及平易清新、易讀易懂的作風，使得散文能深入各階層。無形中也助益了山水遊記的普遍性；因此，宋代山水遊記，無論在質與量上，都超越了前代許多。這些都是古文運動所帶來的影響。

第三節　學術思潮的鼓蕩及其影響

山林文學在我國本是偏向抒情的寫作傳統，是一種感性的活動，然而，完全抒情與感性的創作，卻容易使人偏向狹隘的精神活動，而忽略了個人與文學的真實生命，甚至主體的生命意向，也會遭到扭曲〔註8〕，而欲去其蔽，最直捷的方法，就是在感性的活動中，加入理性的思考；因此，當宋初一連串文人自覺活動──尤其是理學運動興起後，文學便漸漸走向思辨的時代，山水遊記也同樣注入了知性的反省。

然而，理學運動究竟是如何的促使文學做思辨的反省？

首先，理學是根基於孔子，亦即以儒家思想為主幹，自中唐韓愈以來，至宋初的儒學復興運動，本來即是要重建一個以儒家道統為根源的本位文

〔註6〕見於林文月：《中國山水詩的特質》。
〔註7〕見於陳啟佑：《唐代山水小品文研究》第五章。
〔註8〕如《顏氏家訓文章》篇說：「自古文人，多陷輕薄……每嘗思之，原其所積文章之體，標舉興會，發引性靈，使人矜伐，故忽於持操，果於進取。今世文士，此患彌切。」──正是此謂。以上參見龔鵬程：《技進於道的宋代詩學》。

化，以對抗佛老之言，然而，由於佛家是比較富於思辨性的，不僅帶有玄學的色彩，也有它本身完整的哲學系統，尤其是對於宇宙論、心性論的探討，往往具有高度的邏輯思辨力；因此，中國學者在回頭尋找古籍中，宇宙根本原則時，發現中國哲學應該基於較為思辨的基礎，來加以改造，然而宇宙與心性問題，先儒多不常論及，於是，一方面在無形中蹈襲了佛道的理論和方法，一方面借助中庸「道」與「心性」的觀念，來達成目的〔註9〕。事實上，中庸之作似乎已受老氏影響，涉及了形上哲學的高度思辨意味〔註10〕。因此，隨著理學運動興起，整個宋代瀰漫了一片思辨的風潮，間使文學亦走向知性的反省中。

　　另一方面，佛家對心性的講求，也使得儒學開闢了一個新的境地，其中影響宋儒對心的認識的，主要是禪宗。

　　佛教在中國由小乘轉到大乘，由宗教出世的迷信轉到宇宙人生最高原理的哲學的探求，最先是隋唐之際的天台宗，他們根據人類心理，兼採道家傳統老莊之學，而創生了一套新的精神修養與自我教育的實際方法，而走向中國傳統文化要求人生藝術的路上。安史之亂後，禪宗興盛，這個趨勢更明顯，禪宗的精神，完全要在現實人生的日常生活中認取，甚至運水擔柴、嬉笑怒罵，全成妙道，此種心性的體認，不僅與儒家心性之學，頗有相通之處，並且有助於儒學的研究──中唐時的儒生，便往往就佛老來疏通聖學。〔註11〕。而禪宗的自由自在，一片天機，促成了宋人在文藝、美術、甚至生活上，對於「意境」的追求。所以錢穆先生以為：

　　　　中國此後文學藝術，一切活潑自然、空靈脫灑的境界，論其意趣理
　　　　致，幾乎完全以禪宗的精神發生內在而很深微的關係。……是中國
　　　　史上的一段宗教改革與文藝復興。〔註12〕

然而，禪學時期的人生觀，是「外無物」、「內無我」、一歸於「空」的理念；

〔註9〕　參見陳君勱：《理學的基本原理》。《中國哲學思想論集宋明篇》，錢穆等編，牧童出版社，民國67年2月再版。

〔註10〕　理學家借助中庸道及心性的觀念，一則肯定現象世界的存在，一則強調心的認知作用──而借以抵制佛家世界為一幻象之說（即空的觀念），以及不承認普遍理性的存在。此亦參見張君勱之說。

〔註11〕　禪宗以為萬法盡在自心，從自心中頓見本性，所謂「見取自性，直成佛道」，一切歸依自性，尚何宗教可言？亦何異於儒家盡心知性，盡性知天的理論？──參見錢穆：《中國文化史導論》。宗教再澄清。

〔註12〕　見於錢穆：《中國文化史導論》，文藝美術與個性伸展。

到了宋代，出身平民的文人學者，極重視社會人生及學術的實踐精神，如此一來，造化心源，終不能「無我」，於是文人摒除禪宗「空」的觀念，從宇宙本體推到人生正道，注重人品與修養，而導向了追求高尚品格與澹遠的情操，使得道義與藝術合為一流，超越了情與理、知性與感性的固著，達到所謂「以情合於性，以理合於道」的藝術新境界。

總而言之，佛教固然將宋人思想帶向思辨與心性的路上，同時由於其內部思想的中國化，直接影響到宋儒道學運動，遂將中國思想的領導權，再從佛教手中完全轉移回儒家手中，然而此時的儒家也成了兼融釋道的新儒學。

宋人對於山水自然，往往一方面帶著知性的反省，一方面帶著心性意境的追求，來體會自然、感受自然；因此在山水遊記中，往往充滿了對宇宙人生的反省與啟發，亦即念念不忘儒家對社會民生的使命感與道德意識，再則卻又極力的追求個人明心見性，天合人一形而上的人生境界。例如范仲淹〈岳陽樓記〉、劉牧〈待月亭記〉等，表現了對民志的關切之情；范仲淹〈桐廬郡嚴先生祠堂記〉、蘇轍〈黃州快哉亭記〉、王安石〈遊褒禪山記〉等，則充滿了對道德、人生的啟發，而歐陽脩〈醉翁亭記〉、蘇軾〈放鶴亭記〉、王質〈王淵龍記〉等，則顯示了萬物一體、天人合一的胸懷；以上種種，可以說見山水而思人，直將山水擬人化。

山水遊記經宋代理學的洗禮，呈現了兩個特色：

1. 表現了極濃厚的哲理意味。
2. 表現了深刻的議論氣息。

所謂「德成而上，藝成而下」，觀山水而高人品，宋代理學之於山水的闡發，可謂大矣。

第四節　社會經濟的助益及其影響

宋代對外武功，雖不足道，然而以求和苟安的方式，仍能維持境內的昇平；同時以文治世，文人多來至民間，對於民志尤為關懷。由於一時的承平與對民生的重視，鼓勵了各種工商業經濟的發展。

北宋時代，政治中心雖然在黃河下游的開封，然而經濟重心已漸南移到長江三角洲與太湖流域；從事鹽、酒、茶、礬等專賣運輸，或供給中央政府的經濟來源，以及供應邊疆駐軍所需的商人，無形中得到了厚利，大發其財。同時江南的運輸有賴江河汴渠，於是羅盤針、星象圖與航海圖及造船技術，

因之大爲改進，更促使了河海貿易的快速成長；以長江流域以及東南數千里海岸爲腹地的南方都市，如蘇州、杭州、江寧府等陸續興起。

南宋偏安後，衣冠貴族、學士文人、富商巨賈更紛紛南渡；絲、綿、瓷、陶各種民生用品及工藝美術技術日益提昇，使得江南的經濟功能益形重要。

然而由於生活品質的提昇，社會風氣趨向浮華，漸漸形成奢侈逸樂的習性，和苟安膽弱的心理。上則君王標榜「與民同樂」之政，而縱士庶享樂之氣〔註13〕，下則士民交相沈溺於物質豐腴的誘惑，難於振作；尤其以君師居民生活爲然——元宵燈火、池苑春遊、七夕乞巧、中秋玩月等，歲時慶賞不斷〔註14〕。歐陽脩《六一詩話》說：

> 京師輦轂之下，風物繁富，士大夫牽于事役，良辰美景，罕獲宴遊之樂，故有詩曰：「賣花擔上看桃李，拍酒樓聽管弦口」

大抵自太祖增上元爲五夜，眞宗開金明池縱士庶遊觀。享樂之風，便已瀰漫京邑，降至政宣之間，如話本所載：「太平時節日偏長，處處笙歌入醉鄉，聞說鸞輿且臨幸，大家拭目待君王。」（同註13），此種君臣共「孱弱以偷一隅之安，幸存以享湖山之樂」的情景，在《宋代話本》及孟元《老東京夢華錄》、吳自牧《夢梁錄》、及周密《武林舊事》諸書中，俱載無遺。姜夔〈揚州慢〉有云：「胡馬窺江去後，廢池喬木，猶言厭兵。」頗能言此心態，無怪乎宋亡後，遺臣故老，在物換春移、憂患飄零中，緬懷故事，皆淒然有故國舊君之思，而側懷興亡之痛。

社會經濟繁榮所帶來的奢華風氣，對於藝術文化的發展，產生了正面的影響，王船山所謂：「一時人士，相率以成爲風尚者，章醮也，花鳥也，竹君

〔註13〕眞宗開金明池，縱士庶遊觀，標榜與民同樂，如宋話本「鬧樊樓多情周勝仙」篇中說：「從來天子建都之處，人傑地靈，自然名山勝水，湊著賞心樂事，如唐朝便有箇曲江池，宋朝便有個金明池，……傾城士女王孫，佳人才子，往來遊玩，天子也不時駕臨，與民同樂。」——見於龐德新：《宋代兩京市民生活所引》。

〔註14〕宋張鑑著：《賞心樂事》一文，排比一年十二月，燕遊次序，以備遺忘。如……正月——歲節家晏、立春日春盤、人日煎餅會、玉照堂賞梅……二月——現樂堂瑞香、社日社飯、玉照堂西緗梅、南湖挑菜……三月——生朝家晏、曲水流觴、花院月夕、花院桃柳、寒食郊游……四月——初八日亦菴早齋、南湖放生食糕糜……十一月——摘星軒枇杷花、冬至節餛飩……十二月——綺互亭檀香臘梅……二四十夜餳果食、玉照堂看早梅、除夕守歲。所載雖張鑑家樂事，亦可見一般宋人生活。以上見於《學海類篇》所錄。

也，鐘鼎也，圖畫也。……」——至此，文學、美術、工藝、製作各種文物的發展創新，灑灑不休。其中對於宋代山水遊記影響最大的，即是因爲遊賞所需的園林建築。《齊東野語》中，言及南宋奸相——賈似道的豪奢，曾記「宋理宗賜賈之南園景況」云：

> ……架廊參磴，幽渺透迤，極其營度之巧。猶以爲未也，則隧地通
> 道，杭以石梁，傍透湖濱。架百餘楹，飛樓層台，涼堂燠館，華麗
> 精妙。前揖孤山，後據葛嶺，兩山映帶，一水橫陳……

樓、閣、亭、台、堂、榭、廳、塢等名目近百，實不亞於《紅樓夢》的大觀園！

至於地方莊園，也無不瀝心經營，如范成大《驂鸞錄》中所載蘇林及盤園之景：

> ……宅傍入圍中，步步可觀，構台最有思致，叢植大梅，中爲小台，
> 四面有澀道，梅皆交枝覆之，蓋自梅洞中躐級而登，則又下臨花頂，
> 盡賞梅之致矣。企疏堂之側，海棠一徑，列植如槿離，位置甚佳，
> 其它處自有圖本行於世，不暇悉紀……〔註15〕

園林建築的精巧，與自然山水的結合，構成了一幅「可游可居」的桃源美景，給予文人發自內心的讚嘆。

除了園林建築外，美術的提倡也產生了輝煌的成就；如《四庫全書總目》記載宣和畫譜二十卷，共二百三十一人，計六千三百九十六軸，分爲道釋、人物、宮室、山水……等十門，皆御前書畫所諸名家所審定，其餘知名者，殆不下百數。繪畫的精絕，影響工藝的進步，舉凡雕刻、織繡、陶瓷、器皿等，不但具備實用的功能，且含有美術的意味。此外雕版印刷的普遍，金石圖書的收藏，以及書法翰墨的神妙……皆令人美不勝收。整個宋代，因社會經濟的繁榮，而呈現了一片精緻富麗與氣韻優雅的雙重文化風貌。以上種種人文上的成就，無形中成了各種文學歌詠、描述的對象，也成了山水遊記的無價瑰寶。

〔註15〕此外，可參見第二章，第一節，貳之（三）園林生活的繼續風行。

第五節　繪畫藝術的啓發及其影響

宋代文學藝術，在長達百餘年的昇平中，由於君王的大方提倡與參與〔註16〕，以及人文思想突破了漢唐煩瑣訓詁的羈絆，而表現了一種遊心物外，不拘一格的自由思潮，在詩文書畫及各種藝術形態中，造成了種種獨特個性的伸展，尤其顯著的，首推繪畫——特別是山水畫。而與山水畫具有同樣題材和美感經驗的山水遊記，也跟著波瀾盪漾，成就輝煌。

宋代繪畫的風格特色，同樣受著宋代哲學——理學思潮的影響，注重氣韻生動與高尚的境界修養，亦即不但要求究物之微，以盡物之妙，且須合於「理」，表現出畫家的思想與情操，這便是所謂「文人畫」的風格。而惟其講理，所以尚眞，惟其尚眞，所以重活，正如程明道〈秋日偶成〉一詩中所謂「道通天地有形外，思入風雲變態中」，顯得格外自由自在；所以宋代畫家范寬曾說：「與其師人，未若師物，與其師物，未若師心。」此種講神趣而仍不失物理的畫風，正是受理學暗示，所培育出來的內省精神的產物。

由於繪畫的「師心」，充分表現了人生命情操與「本來面目」（禪宗語），引起了文人對繪畫的喜愛。北宋以歐陽脩爲首的古文運動，便與當時的山水畫，有了相當的默契，在無形中，將文學理論與繪畫觀點結合在一起，另一方面，由於文人介入繪畫藝術的品評中，使得繪畫也正式變成了文人的事業，所以鄭昶說宋代的繪畫是：「凡有創作，往往與詩文爲緣，蓋已入文學化時代矣。」（《中國繪畫史》）。

關於文論與畫論的結合，造成整個散文風格的影響，徐復觀在《中國藝術精神》一書中，曾分析說：

> 由歐陽脩所復興的古文，……有一個共同之點，即重視內容，並重視內容與形式的和諧，……在藝術性格上……正通於山水畫中的三遠〔註17〕。歐本人是平遠型的，曾鞏則平遠中略增深遠，王安石則

〔註16〕宋代歷代皇帝，除了獎勵畫家外，本身也多爲書畫家，如宋徽宋的書法、花卉，仁宗亦善畫佛、畫馬、欽宗則善人物。親王宗室之中也有很多都是名畫家。所以宋代特別設立翰林圖畫院，羅致天下藝士，優加祿養，視其才能，授以待詔、祇候、藝學、畫學正、學生、供奉等職。高宗南渡，亦如之。詳見《中國繪畫史》，俞崑編著，華正書局，64年9月一版。

〔註17〕所謂「三遠」，見於郭熙《林泉高致》，其謂：「自山下而仰山顚，謂之高遠，自山前而窺山後，謂之深遠，自近山而望遠山，謂之平遠。高遠之色清明，深遠之色重晦。平遠之色，有明有晦。高遠之勢突兀，深遠之意重疊，平遠之意沖融而縹縹渺渺。……」

高遠中帶有深遠，蘇洵走的是深遠一路，而蘇軾、蘇轍則都是在平遠中加入了深遠與高遠。（第九章《宋代的文人畫論》，頁 355）

觀其分析雖簡，然大抵不失其人風格，足見山水畫的真精神，果然與古文有冥合處。相對的，自歐陽脩起的一群文人，以其對詩文的修養，鑑賞當時流行的山水畫，更以作詩作文之法，直接從事於繪畫創作，且往往有獨到之處，遂因而霑漑到以後的畫論。如後來董其昌們由平遠而提倡「古淡天真」，以此為山水畫的極詣──這實際上也是古文家的極詣〔註 18〕。黃山谷〈蘇李畫枯木道士賦〉中說：「取諸造物之鑪錘，盡用文章之斧斤」（《豫章先生集‧卷一》），正此之謂也。

　　文論與畫論的相互啟發，不僅造成散文風格的影響，在山水遊記方面，更有確切的相關性，北宋郭熙的《繪畫理論》，便極贊成詩畫相通之說，以為詩人在敘述內心之事和佈置景物上，與畫家所欲深刻把握的一樣，所謂「看出佳句好意，後想成幽情美趣」。不僅是詩，文與畫的相通亦然，畫家由實際經驗中，獲得情趣感動，與文人正相同；尤其山水遊記在寫景的方法上，可以吸取山水畫的表現法，例如「虛實相間」、「以少勝多」的佈置等，一語「山間塞雲」，在山水畫中，即是在山頂上、山麓間，橫了一段素白，其差別僅在於前者靠文字，後者以色彩來表現而已！

　　其次，再觀宋代山水畫所表現的三種形象：形似、形似與神似、神似〔註 19〕，也明顯的存在於山水遊記中。

　　首先就形似而言。宋代繪畫在思想上已進入寫意的年代，在形式上的寫實技巧，也達於顛峰；因此，雖然強調主於氣韻的美學原則，卻又對自然景物作大量而詳盡的觀察紀錄和細緻嚴謹的寫實構圖。北宋時期的山水畫面，經常山巒重疊，樹木繁複；或境地寬遠，視野開闊，邈遠豐盛、變化錯綜，這種基本上塞滿畫面的、客觀的、美景性的描繪自然，表現在山水遊記中的，便是那些有計畫、有系統的中長篇遊記，例如：

　　張瞬民的《彬行錄》，敘述從洪澤口順江渠南行，到江西一帶的見聞。蔡

──────────

〔註 18〕歐陽脩：《試筆一卷》中，有鑒畫文一首，其云：「蕭條淡泊，此難畫之意，畫者得之，覽者未必識也。故飛走遲速，意淺之物易見；而閒和嚴靜，趣遠之心難形。若乃高下嚮背，遠近重複，此畫工之藝耳，非精鑒者之事也。不知此論為是否？……」，徐復觀以為「蕭條淡泊」、「閒和嚴靜，趣遠之心」，乃中國山水畫的極詣，也是歐陽脩所倡的古文的極詣。

〔註 19〕參見李澤厚：《著美的歷程》，《宋元山水意境》一文，元山書局出版。

襄《記徑山之遊》，詳細描寫徑山錯綜繁麗的景象。陸游的《入蜀記》，繪出了長江下游到上游，多采多姿的綺麗風光。范成大的《吳船錄》描繪自成都至平江數千里的名勝景緻。此外如王柏《長嘯山遊記》、范成大《驂鸞錄》、周必大《遊茅山錄》、《九華山錄》、《廬山前》、《後錄》，方鳳《金華遊錄》、鄧牧《雪竇游誌》等等；或詳述一河域、一地理區風景，或描繪整座山嶽的景象——鉅細靡遺，給予人們廣泛而豐滿的審美感受，充分表現了山水「可游可居」的生活情態。而此種偏於客觀的描寫，隨著全景性、整體性的畫面呈現，表達出作家的思想、情感和主題內容，更能給予人們持久而愉快的留連，以及多義豐富的聯想。由此可見，通過文字的視覺享受與心靈聯想，實不亞於一幅范寬的谿山行旅圖或董源的瀟湘圖了。

其次，關於形似與神似。由於文人畫的追求意境，與在君王供養下，注重細節、忠實描寫的皇家畫院審美觀的流行，使得畫風出現了一種在有選擇性的對象、題材與佈局中，一方面要求描繪精微，一方面要求傳達出作者濃厚的情感意趣，或思想情操的作品，有如馬遠、夏圭的「殘山剩水」般。而反映於山水遊記中的，則如歐陽脩〈豐樂亭記〉、曾鞏〈醒心亭記〉、王安石〈遊褒禪山記〉、蘇軾〈凌虛台記〉、〈超然台記〉，以及葉夢得〈遊茅山記〉、王十朋〈遊雁蕩山記〉等等的一般山水雜記。它們大抵一方面保持了局部客觀的寫實描繪，一方面抒發了主觀的情感與思想觀念；在宋人遊記中，此類雜記數量最多，尤以北宋為然。

再者，若蘇東坡、黃山谷、沙門洪德等人的山水題跋（即〈志林小品〉）與山水小序文，以及若吳龍翰的〈遊黃山記〉、柳拱辰的〈澹山巖記〉、李綱〈武夷山賦序〉等山水小品，基本上形式短小而以氣韻取勝，亦即將視覺所觀照的對象與內容，通過心的認知與轉化，而表現出來；使得由觀照所得到的藝術形象，逐漸抽離、隱去，絳於達到「輒自奔放」、「超越形象」的浪漫與飄逸境界。此類作品，即如繪畫中所講求的「神似」。雖然為數未夥，然而對於元人繪畫、元曲，以及到明代中葉以來的浪漫主義思潮，卻起了先驅的作用，晚明性靈派的山水小品，即是此一潮流的代表作。

詩文與繪畫藝術，在理論與技巧、精神上的相互啟發，使得宋代山水遊記，開拓了新的領域。

此外，宋代地理志的發達，也是一項因素——

宋代地理志極多，今所傳者，如《太平寰宇記》、《元豐九域志》、《輿地

廣志》等〔註20〕，固爲總志之要書，而郡志、地志的賡繼修葺，以備史料，以覘文化，皆信而有徵；同時宋人志地理多附圖，或稱之「圖經」、「圖志」，對於後代地志啓發極大。而由於宋人對於地理的詳究之風，使得一般文人在旅遊山水時，不僅對地形、山勢作細密的觀察，對於史聞傳奇與風土、古蹟也特別留意，往往插敘於文中，使得山水遊記增加了史料地志的價值，如陸游、范成大、周必大等人的作品，即多此載。〔註21〕而范成大、鄧牧等人尚且還有地理志著作〔註22〕，可見地理志對山水遊記也有相當影響。

第六節　結語

　　綜合觀之，自唐迄宋，變遷孔多，政治文教、體質風俗、藝術文化，無不在變；前此猶多古風，後則別成新格，而山水遊記便在這個大變動的時代中，蛻化滋長，事實上，這個時期的政治、宗教、社會、文藝等的演變，幾乎都是同時錯綜進行而相互影響啓發的。

　　若以唐宋以來的社會思潮爲出發點來看，禪宗在理論上雖則全部中國化，但他們到底是一種在寺院裏發展成熟的思想，仍然脫不開嚮慕個人的獨善與出世的觀念，直到宋代新儒家的興起，從禪宗思想中轉進一步，自內身自心自性中，認取修養齊家治國平天下的大本源，才足以重任天下，重新指導社會人生。另一方面，由於宋代新政治體制與科舉制度，使得平民學者興起，中國社會達於平等，新儒家學者不但在社會上指導人生，更在政教文化上擔當重任。

　　而宋代以前，儒者之學僅重視人倫日用間，而不甚講求玄遠高深原理，釋道兩家。則外於倫紀而爲絕人出世之想，此時宋儒取釋道宇宙心性之理，與思辨的功夫，融入儒學中，終於發掘了儒學的新天地。他們的言心言性，務極精微，而於人事，復各求其至富，所謂明理達用，本末兼賅，此尤宋儒之特色也。張載《西銘》說：

〔註20〕根據《四庫全書總目》載，《太平寰宇記》，一百九十三卷，宋樂史作。《元豐九域記》，十卷，宋王存等撰。《輿地廣記》。三十八卷，宋歐陽忞撰。

〔註21〕《宋代地理志》不惟載地形川流而已，如《太平寰宇記》，《四庫全書總目》云：「史進書序議賈耽李吉甫爲漏厥，故其書採摭繁富，惟取眩博於列朝人物，一一並登。至於題詠古蹟，若張祜《金山詩之類》，亦皆並錄。後來方志必列人物藝文者，其體皆始於史，蓋地理之書，記載至是書而始詳，體例亦自是而大變。」可見其內容之豐富。

〔註22〕如范成大的《吳郡志》、《桂海虞志》；鄧牧的《洞霄圖志》等。

乾稱父，坤稱母，予茲藐焉。乃渾然中處，故天地之塞，吾其體，
天地之帥，吾其性。民吾同胞，物吾與也，大君者，吾父母宗子，
其大臣，宗子家相也。尊高年，所以長其長，慈幼弱，所以幼其幼；
聖其合德，賢其秀也。凡天疲癃殘疾惸獨鰥寡，皆吾兄弟之顛連而
無告者也。

此種廣遠之心胸，迥非區區囿於一家一園者可比擬。也正是宋代文人對社會
民生的使命感，亦即山水遊記中，所有的社會悲憫之情的來源。——至此則
宗教、社會、政治、思想間，已連繫成一體。

　　其次就文化藝術來看。無論是文學、美術，甚至教育，皆已普遍地深入
民間，成為日常人生的一部分。甚至如日用工藝——雕刻、陶瓷等，在自然
與實用的雙重調和下，物性與人性相悅而解，表現了一股詩情畫意的風貌，
例如園林建築，便是將自然界的山水風物，移到城市家宅中，使得在現實人
生中的人們，能夠得到山水風雲盪滌胸襟；這也即是人文地理所構成的「山
水」。而隨著社會經濟的愈益繁奢，文藝美術的發展愈蓬勃，細膩的觀察力與
表現技巧，固然成為文人藝術家共有的能力，而氣韻意境的追求，也同樣成
了文人藝術家的審美原則，至此，精緻文化的特色，完全發揮了。

　　在政治、社會、思意、文化的錯綜影響下，山水遊記一則在內涵精神上，
兼備了理性的反省與感性的空靈境界，一則在技巧表現上，兼備了寫實的形
似與寫意的神似特質，所以後人批評宋代文化說：

　　綜其全體論之，宋代民族審美之氣，實又進於唐代，就任何事觀察，
　　皆可見其高尚優美之概，不得謂宋人講理學，遍於迂腐鄙樸，而薄
　　文藝不屑為也。〔註23〕觀孔子所謂「鬱鬱乎文哉」，實正是整個宋型
　　文化的最佳寫照。

〔註23〕見於柳詒徵著：《中國文化史》第廿三章，宋元間之文物。

第四章　宋代山水遊記的發展及其
　　　　　重要作家與作品

　　唐代元結、柳宗元以散文清麗的寫實技巧，奠定了山水遊記的基礎，然堂廡未張；直到宋代，因種種因素的配合，才開拓了山水遊記的內容技巧，成為文學創作中，不可忽視的一門。

　　宋代山水遊記的發展，大致可以分為北宋期、南宋期與遺民時期，各期因時代背景之異而各有特色。以下便就各期重要作家與作品，略述其發展狀況。至於作家的分期，則以作品年代為主，無年代可查者，則依作者生年為準，至於所選列的作家，因宋代遊記作家並不特別集中於某一人某一時，故一則以作品之多寡，一則以作品雖少，而具有特殊風格之作家為分析、闡述對象。

第一節　北宋山水遊記的發展及其重要作家與作品

　　北宋自太祖開國，歷太宗、真宗、仁宗、英宗、哲宗、徽宗、欽宗九帝，共計一六六年（960～1126），此期作品受古文運動與理學風潮影響尤深。

　　仁宗以前，五代餘韻猶存，文壇為西崑體所把持，散文遊記作品鮮少，且排偶之跡顯而易見；徐弦〈喬公亭記〉、〈毗陵君公南原亭館記〉等篇，寫景富麗，用辭曲雅，可見駢文之跡。王禹偁〈竹樓記〉、柳開〈遊天平山記〉等，已一洗駢儷，趨於淡雅，惟作品不多。

　　仁宗以後，朝野自覺運動勃興，古文運動興起，文風隨著士風而變，山水遊記也跟著展開了，其可論者：

一、范仲淹

（一）生平簡介

范仲淹，字希文，蘇州吳縣人，生於宋太宗端拱二年（989），卒於仁宗皇祐四年（1052），年六十四歲。少有志操，既長，辭母依戚家，苦讀不輟，登大中祥符進士。晏殊薦爲秘閣校理，每感激論天下事，奮不顧身，一時士大夫矯勵尚氣節，自仲淹倡之。後拜樞密副使，進參知政事，中外相望其功業，末遷戶部侍郎，徙青州，會病請潁州，未至卒，諡曰文正。著有《文正公集》二十卷、別集四卷、尺牘五卷，及奏議、政治奏議等，並行於世。

（二）重要遊記作品

《岳陽樓記》（仁宗慶曆六年）（1047）

（三）作品特色

范仲淹作品雖少，然而《岳陽樓記》所標示的「先天下之憂而憂，後天下之樂而樂」，以及「不以物喜，不以己悲」的古仁人之心，爲山水遊記注入了新經驗與體會。瞬息萬變的宇宙運行與錦繡繽紛的自然風光，不再僅是憂讒畏譏的自傷，或把酒臨風的欣喜而已，它更引發了文人士大夫憂國憂民的意識。蘇軾曾評論他說：「其於仁義禮樂，忠信孝悌，蓋如饑渴之於飲食，欲須臾忘而不可得……雖弄翰戲語，率然而作，必歸於此。」（《蘇軾文集卷二四·范文正公集敘》），所謂「雲山蒼蒼，江水泱泱，先生之風，山高水長」（范仲淹〈嚴先生祠堂記〉），以范仲淹美嚴子陵的話反過來讚美他自己，該是最貼的稱辭。

至於〈岳陽樓記〉，描述壯闊而氣象萬千的洞庭風光，以快速的節奏，排比而下，清勁沈著，對比強烈，亦不愧爲宋代古文大家：

> ……若夫霪雨霏霏，連月不開，陰風怒號，濁浪排空，日星隱耀，山岳潛形，商旅不行，檣傾楫摧，薄暮冥冥，虎嘯猿啼；登斯樓也，則有去國懷鄉，憂讒畏譏，滿目蕭然，感極而悲者矣。至若春和景明，波瀾不驚，上下天光，一碧萬頃，沙鷗翔集，錦麟游泳，岸芷汀蘭，郁郁青青，而或長煙一空，皓月千里，浮光躍金，靜影沉璧，漁歌唱答，此樂何極！登斯樓也，則有心曠神怡，寵辱偕忘，把酒臨風，其喜洋洋者矣。

二、歐陽脩

（一）生平簡介

歐陽脩字永叔，廬陵人，生於宋真宗景德四年（1007），卒於神宗熙寧五年（1072），年六十六歲。四歲而孤，母以荻畫地而書，領悟過人。舉進士甲科，從尹洙游，與梅堯臣歌詩相唱和。慶曆初召知諫院，後出知滁州、徙揚州、潁州、還，爲翰林學士。嘉祐五年（1060），拜樞密副使，六年，參知政事，熙寧初與王安石不合，後以太子少師致仕。

脩博極群書，早年得昌黎遺稿，苦心探索，遂以文章冠天下，自號醉翁，晚號六一居士，蓋集古錄一千卷，書一萬卷，琴一張，棋一局，酒一壺、鶴一雙也。著有《文忠集》一百五十三卷，《六一詞》一卷，《六一詩話》一卷，及《毛詩本義》、《新唐書》、《新五代史》、《集古錄》、《洛陽牡丹記》、《歸田錄》等。

（二）重要遊記作品

〈豐樂亭記〉（慶曆六年）（1046）

〈醉翁亭記〉（慶曆六年）（1046）

〈真州東園記〉（皇祐三年）（1051）

〈浮槎山水記〉（嘉祐二年）（1057）

〈有美堂記〉（嘉祐四年）（1059）

〈游鯈亭記〉（景祐五年）（1038）

〈峴山亭記〉（熙寧三年）（1070）

〈叢翠亭記〉（明道元年）（1032）

（三）作品特色

歐陽脩倡導復古的散文運動，他的文章雖學韓愈，而有自己的特點，且對於道的見解，頗爲精湛，所謂「學者當師經，師經必先求其意，意得則心定，心定則道純，道純則充於中者實，中充實則發爲文者輝光。」（〈答祖擇之書〉），因此他的散文——包括山水遊記，都有犀利的議論，適度的描寫，和濃厚的抒情；同時他提倡「文從字順」、「務去陳言」，建立了平易流暢、委曲婉轉的散文風格。他的山水遊記特色有：

1. 與民同樂的政治胸襟：如〈豐樂亭記〉與〈醉翁亭記〉所謂「滁人之樂」、〈峴山亭記〉所謂「安其政而樂從其游」等，皆所以表明了歐陽脩政治倫理的抱負，與憂國憂民的精神。

2. 放懷山水的冲曠情懷：如〈醉翁亭記〉所謂的「醉翁之意」、〈游儵亭記〉所謂的「視富貴而不動，處卑困而浩然其心」等，顯示了歐陽脩不以方丈為限，不以有形為困的自適之心，無怪乎曾鞏說他「體備韓馬，思兼莊屈」了。

3. 因文定體，善於敘事的創作技巧：如〈醉翁亭記〉，首以「環滁皆山也……也……也」連用二個一個也字，層遞而下，委婉綿延中，文氣已轉換萬千；其餘若〈豐樂亭記〉、〈眞州東園記〉等，景中夾敘，或敘或議，富於變化而自然流暢，正所謂「閱歷益久，鍛鍊益深，氣足則謂自振」了。以下舉〈醉翁亭記〉為例見之：

> 環滁皆山也，其西南諸峰，林壑尤美，望之蔚然而深秀者，琅邪也；山行六七里，漸聞水聲潺潺，而瀉出于兩峰之間者，讓泉也；峰回路轉，有亭翼然，臨于泉上者，醉翁亭也；作亭者誰，山之僧智僊也；名之者誰，太守自謂也。太守與客來飲于此，飲少輒醉，而年又最高，故自號曰醉翁也。醉翁之意不在酒，在乎山水之間也；山水之樂，得之心而寓之酒也。若夫日出而林霏開，雲歸而巖穴暝，晦明變化者，山間之朝暮也；野芳發而幽香，佳木秀而繁陰，風霜高潔，水清而石出者，山間之四時也；朝而往，暮而歸，四時之景不同，而樂亦無窮也。至於負者歌于塗，行者休于樹，前者呼，後者應，傴僂提攜，往來而不絕者，滁人游也。臨谿而漁，谿深而魚肥，釀泉為酒，泉香而酒冽，山肴野蔌，雜然而前陳者，太守宴也。宴酣之樂，非絲非竹，射者中，奕者勝，觥籌交錯，起坐而諠譁者，眾賓懽也。蒼顏白髮，頹然乎其間者，太守醉也。已而夕陽在山，人影散亂，太守歸而賓客從也。樹林陰翳，鳴聲上下，遊人去而禽鳥樂也。然而禽鳥知山林之樂，而不知人之樂，人知從太守遊而樂，不知太守之樂其樂也。醉能同其樂，醒能述以文者，太守也。太守謂誰，廬陵歐陽脩也。

歐陽脩文與道俱的散文氣格，開啓了三蘇一派的文統觀，使得山水遊記也趨向情理俱備的風貌。

三、曾鞏

（一）生平簡介

曾鞏，字子固，建昌南豐人。生於宋眞宗天禧三年（1019），卒於神宗元

豐六年（1083），年六十五歲。生而警敏，讀書即成誦，年十二，試作六論，援筆立成，歐陽脩見其文而奇之。嘉祐二年（1057），舉進士，謂太平州司法參軍，後歷知齊、襄、洪、福……諸州，所在多奇績，拜中書舍人，卒。鞏性孝友，爲文原本六經，斟酌於司馬遷、韓愈，一時工作文詞者，鮮能過之。學者稱南豐先生，後追諡文定。鞏作有《元豐類稿》五十卷，續稿四十卷，外集十卷，及《隆平集》。今續稿、外集已不傳。

（二）重要遊記作品

〈醒心亭記〉（慶曆七年）（1047）

〈金山寺水路堂記〉（慶曆九年）（1049）

〈擬峴台記〉（嘉祐二年）（1057）

〈尹公亭記〉（熙寧元年）（1069）

〈齊州二堂記〉（熙寧六年）（1073）

〈道山亭記〉（熙寧十年）（1077）

〈趵突泉記〉

（三）作品特色

　　子固源本六經，致力於道極深，然而由於發揮歐陽脩「充於中者實，中充實則發爲文者輝光」，從而拈出「氣」來〔註1〕，因此曾鞏的道，便不致如道學家的拘泥。此外，曾鞏是八大家中，唯一「短於韻語」（《後山詩話》）的，因爲韻語（指詩詞）「未易以理推」〔註2〕的緣故。因此子固的山水遊記，同樣充滿了深刻的議論氣息：

　　1. 全篇多推理議論，論中敘景，鮮少抒情意味。如〈醒心亭記〉，雖然登亭之「欲久而忘歸」，實則在發揮「吾君優游而無爲於上，吾民給足而無憾於下」之意；再如〈擬峴台記〉描述登覽所見，雲雨風浪之變化及山巖巒崗之

〔註1〕　曾鞏：《讀賈誼傳》言：「余讀三代兩漢之書，至於奇辭奧旨，光輝淵澄，洞達心腑，如登高山，以望長江之活流，而怳然駭其氣之壯也。……蓋自喜其資之者深，而得之者多也。既而遇事輒發，足以自壯其氣，覺其辭源源來而不竭，剔吾粗以迎其眞，植吾本以質其華，……及其事多，而憂深慮遠之激托有觸吾心，而干於吾氣。……」──所謂「資之者深而得之者多」，則自然足以自壯其氣，自然其辭源源來而不竭，此即歐陽脩「中充實則發爲文者輝光」之意。以上參見郭紹虞《中國文學批評史》。

〔註2〕　《東坡題跋卷三·記少游論詩文》曰：「秦少游言……曾子固以文名天下，而有韻者輒不工，此未易以理推也。」

秀拔，然終究感發其「得於耳目與得之於心者，雖所寓之樂有殊，而亦適其
適也」，以下遂發而議之。可見子固爲文，眞以理氣爲勝。

2. 摹景狀物，質而少麗，鮮少排偶之跡。八大家之文，雖以去駢爲主張，
然於敘景，難免駢散並用，以助聲氣，子固寫景，一以理氣行之，鮮少排偶
之跡，可謂之寫景如敘事。

如〈道山亭記〉：

> 山相屬無間斷，累數驛迺一得平地，小爲縣，大爲州，然其四顧亦
> 山也。其途或逆坂如緣絙，或垂崖如一髮，或側徑鉤出於不測之溪
> 上，皆石芒峭發，擇然後可投步。負戴者雖其土人，猶側足然後能
> 進，非其土人，罕不躓也。其溪行，則水皆自高瀉下，石錯出其間，
> 如林立，如土騎，滿野千里，下上不見首尾，水其隙間，或衡縮蟉
> 糅，或逆走旁射，其狀若蚓結，若蟲鏤，其旋若輪，其激若矢，舟
> 溯沿者，投便利，失毫分，輒破溺。

比較起來，曾鞏頗足以代表北宋好議論的山水之風，然而，站在遊記的本質
上，雖摹景質實，似乎缺少了一分徜徉自適的抒情意趣。

四、王安石

（一）生平簡介

王安石，字介甫，號半仙，小字獾郎，撫州臨川人。生於宋眞宗天禧五
年（1021），卒於哲宗元祐元年（1086），年六十六歲。少好讀書，又工書畫，
每屬文，動筆如飛，初若不經意，既成皆服其妙。友人曾鞏以薦之歐陽脩，
擢爲進士。嘉祐中歷度支判官。安石議論高奇，果於自用，能以辯博濟其說，
上萬言書，以變法爲言，俄直集賢院，知制誥。神宗時爲相，帝深倚之，謀
改革政事，興青苗、水利諸法，物議騰沸，時名臣皆被斥，而新法卒無效。
元豐中，復拜左僕射，封荊國公，哲宗立，加司空，卒諡文。著有《臨川集》
一百三十卷，及《同官新義》、《唐百家詩選》等行於世。

（二）重要遊記作品

〈石門亭記〉

〈鄞縣經遊記〉（慶曆七年）（1047）

〈遊褒禪山記〉（至和元年）（1054）

〈大中祥符觀新修九曜閣記〉（大中祥符年間）

〈揚州新園亭記〉（慶曆三年）（1043）

〈撫州祥符觀三清殿記〉（皇祐二年）（1050）

（三）作品特色

　　王安石身兼政治、思想、文學三家榮銜，他的文學觀點雖然與韓、歐大致相同，然而由於偏向政治家「經用」的文論，以為所謂的道，必須引而被之天下，而務必有補於世。同時，由於為文講求能使人同已所歸趨，故反而多變化，所謂「聖賢之言，翕張取與，無有定體，其初殊途，歸則一焉」（〈李觀答黃署作書〉），故其山水遊記雖多議論，而風貌頗多樣。

　　1. 有經世致用與潛移默化之意。例如〈石門亭記〉論所以作亭之意，非直好觀覽而已，乃在體驗山之仁，求民之疾憂。而〈遊襃禪山記〉，則感慨古事之際，仍不忘「盡無志也，而不能至者，可以無悔矣」的道德教訓。可見王安石之文，恒以教化為歸趨。

　　2. 為文簡鍊雄潔，拗折峭深，體式多變化。如〈遊襃禪山記〉，記遊中敘事，敘事間說理，簡潔明晰，文轉而鍊達、〈石門亭記〉則抒情議論、剛柔並濟，其餘或敘事而寫景、或摹景而議事，因文定體，各自不同。其中〈鄞縣經遊記〉，以日記體式，敘其巡縣十四鄉之歷，文短而意到，於北宋遊記中，頗為特殊。

　　如〈鄞縣經遊記〉云：

　　　　慶曆七年十一月丁丑，余自縣出，屬民使浚渠川，至萬靈鄉之左界，宿慈福院。戊寅升雞山，觀俀工鑿石，遂入育王山，宿廣利寺，雨不克東。辛巳，下靈巖，浮石淞之壑以望海，而謀作斗門于海濱，宿靈巖之旌教院。癸未，至旗江，臨決渠之口，轉以入于瑞巖之開善院，遂宿。甲申，遊天童山，宿景德寺。質明，與其長老瑞新上石，望玲瓏巖，須猿吟者久之，而還食寺之西堂；遂行至東吳，且舟以西。質明，泊舟堰下，食大梅山之保福寺莊，過五峰，行十里許，復具舟以西，至小溪，以夜中。質明，觀新渠及洪水灣，還食普甯院；日下昃，如林村；夜未中，至資壽院。質明，戒桃源清道二鄉之民以其事。凡東西十有四鄉，鄉之民畢已受事，而余遂歸云。

又〈遊襃禪山記〉云：

　　　　……余以四人擁火以入，入之愈深，其進愈難，而其見愈奇，有怠

而欲出者曰：「不出，火且盡」遂與之俱出。蓋予所至比好遊者，尚不能十一；然視其左右而記之者已少，蓋其又深則其至又加少矣。方是時，予之力尚足以入，火尚足以明也；既其出，則或咎其欲出者，而予亦悔其隨之，而不得極夫遊之樂也。於是予有歎焉，古人之觀於天地、山川、草木、蟲魚、鳥獸，往往有得，以其求思之深，而無不在也。夫夷以近則遊者眾，險以遠則至者少，而世之奇偉瑰怪非常之觀，常在於險遠而人之所罕至焉，故非有志者，不能至也；有志矣，不隨以止也，然力不足者，亦不能至也。有志與力而又不隨以怠，至於幽暗昏惑，而無物以相之，亦不能至也。然力足以至焉，於人為可議，而在己為有悔；盡吾志也而不能至者，可以無悔矣，其孰能譏之乎？此予之所得也。余於仆碑，又以悲夫古書之不存，後世之謬其傳，而莫能名者，何可勝道也哉？此所以學者不可以不深思而慎取之也。

安石與曾鞏之遊記，皆以議論為長，然而作文之旨不同，前者偏於經世致用，氣盛而多變，後者偏於古文家載道說，義法確確，反不若安石之活潑，此二者之大別。

五、蘇軾

（一）生平簡介

蘇軾，字子瞻，眉州眉山人，蘇洵之子，生於宋仁宗景祐三年（1036），卒於徽宗建中靖國元年（1011），年六十六歲。十歲時，父洵遊學四方，母程氏親授以書，聞古今成敗，每能語其要。嘉祐二年（1057）試禮部，歐陽脩擢置第二，道：「我當避此人出一頭地。」對策入三等，簽書鳳翔府判官。熙寧中，與安石不合，遂請外，歷事杭州、湖州，末以黃州團鍊副使安置，築室於東坡，自號東坡居士，後屢遭貶遷，紹聖中，赦還，復朝奉郎，後卒於常州，諡文忠。軾為人灑脫出塵，既善文，尤善詩詞書畫，是為文藝大家。著有《東坡集》一百五十卷，《東坡一詞》一卷，及《易傳》、《書傳》、《仇池筆記》、《東坡志林》、《漁樵閒話》等，並傳於世。其詩文詞作風，以雄健豪放，為北派大宗。

（二）重要遊記作品

〈秦太虛題名記〉（元豐二年）（1079）

〈北海十二石記〉（元祐八年）（1093）

〈凌虛臺記〉（嘉佑八年）（1063）

〈雩泉記〉（熙寧九年）（1076）

〈放鶴亭記〉（元豐元年）（1078）

〈遊桓山記〉（元豐二年）（1079）

〈靈壁張氏亭園記〉（元豐二年）（1079）

〈石鐘山記〉（元豐七年）（1084）

〈東坡題跋〉（志林小品）

〈跋石鐘山記後〉（建中靖國元年）（1101）

〈書遊湯泉詩後〉（元豐元年）（1078）

〈書清泉寺詞〉（元豐五年）（1082）

〈自記廬山詩〉（元豐七年）（1084）

〈書遊靈化洞〉

〈書遊垂虹亭〉（元豐四年）（1081）

〈記樊山〉（東坡去林）

〈赤壁洞穴〉（東坡去林）

〈書劉夢得詩記羅浮半夜見日事〉（東坡去林）

〈記羅浮異境〉

〈記游定惠院〉（元豐三年）（1080）

〈記承天夜游〉（元豐六年）（1083）

〈題黃州清遠峽山寺〉（紹聖元年）（1094）

〈書卓錫泉〉（紹聖二年）（1095）

〈題羅浮〉（紹聖元年）（1094）

〈記游白水岩〉（紹聖元年）（1094）

〈記與舟師夜坐〉（紹聖二年）（1095）

〈題白水山〉（紹聖二年）（1095）

〈題嘉祐寺壁〉（紹聖元年）（1094）

〈記朝斗〉（紹聖二年）（1095）

〈題合江樓〉（紹聖二年）（1095）

〈書上元夜遊〉（元符二年）（1099）

〈書贈劉浙僧〉

〈書臨皋亭〉（元豐三年）（1080）

〈書合浦舟行〉（元符二年）（1099）

〈逸人游浙東〉

此外：

〈蓬萊山詩序〉（元豐八年）（1085）

〈灩澦堆賦序〉（嘉祐四年）（1059）

（三）作品特色

　　東坡論文，是繼承其父蘇洵的文統觀，雖然主張文與道俱，但他所謂的道，是道其所道，非惟道學家或柳穆歐曾的道，簡言之，他的道通於藝，所以說：「道可致而不可求，……莫之求而自至，斯以為致矣。」（《東坡文集事略》卷五七，〈日喻贈吳彥律〉），因此他主張的「辭達」，是必須先能體物之妙，了然於心，然後隨筆抒寫，自然姿態橫生，不僅常行於所當行，止於所不可不止，而道也莫之求而至。因此，他能不局於儒家之說，出入南華釋典中。此種性格造成了他在藝術上文人畫的風格，從而影響了山水遊記的寫作：

　　1. 出入各家思想：哲理味濃。蘇軾本學優而仕，抱負滿懷之人，儒家思想對他自然有股強烈的引導力，如〈靈壁張氏亭園記〉中表示：「君子……不必不仕，士以氣節為重，行義求志，自適即可。」另一方面由於屢遭貶遷，對於人事的紛擾起了懷疑，使得蘇軾往往奉儒家而出入佛老，以禪意與玄思來解釋人生，尤其於遊山玩水中，感受自然宇宙之奧秘，更使其文充滿了禪味與心性自覺，最足以代表的，便是〈超然台記〉。全篇充分發揮了莊子「遊於物之外」才能「無所往而不樂」之意，而〈醉鄉記〉與〈夢鄉記〉，則仿淵明〈桃花源記〉，道出了理想中的世界。其它若〈凌虛台記〉，〈放鶴台記〉、〈遊桓山記〉等，皆呈現了一種哀樂不可常、有無一瞬間的哲學人生。至於《志林小品》，雖簡短而處處充滿了對人生偶得的感慨與理趣，所謂「物固有是理，患不能知之者」，也惟有東坡才性高妙，才能因文以致道，因道以成文，寓理於文中，而不著痕跡。

　　2. 兼具理、氣、情、趣的山水意境。子瞻之文不僅哲理味濃，且氣吞九州，縱橫奔放，如其文說所謂：「吾文如萬斛泉源，不擇地而出，在平地滔滔汨汨，雖一日千里無難……」──〈超然台記〉中辨悲樂之去取，〈石中山記〉

中證臆斷之非等，皆如風水相遭，而成天下至理至文。然而於理氣橫溢中，也不免出於詼諧情趣，如〈石鐘山記〉中，敘述東坡夜驗石鐘傳說，即充滿了懸疑、刺激的色彩，至真相大白，卒令人莞爾，無怪他自己說：「作文如行雲流水，……嬉笑怒罵，皆可書而誦之。」

　　至於《志林小品》，則充滿了靜謐自得之境，舉凡一山一水，一石一壁、一月一舟，隨手拈來，盡是情趣，而情景交融，皆成文章。尤其是東坡的夜遊，更妙悟出鍊達的智慧，猶如一幅洗盡鉛華的山水畫，流露出平淡、自然的神韻。

　　3. 體善變化，修辭不著痕跡。東坡之文來至釋老與左孟莊騷史記精華，漫衍浩蕩，波自成文；他的山水遊記，作品雖多，而篇篇體勢各異，如〈秦太虛題名記〉，借秦觀之筆，回憶昔遊；〈凌虛台記〉借台之興廢，興人事之得失；〈超然台記〉借超然之義，抒發物外之樂；〈遊桓山記〉則記史事而嘆物化之無口；乃至《志林》諸作，無不匠心各俱。或豪放、或婉約、或明快、或纏綿，簡奏變層遞變化，融抒情、敘事、寫景於一爐；以散文的筆法，表達深刻而浪漫的詩境，真不知是詩？是散文？正所謂「妙處在手，心地空明，自然流出」，一似全不著力」〔註3〕。

　　如〈石鐘山記〉云：

　　　　元豐七年六月丁丑，余自齊安舟行適臨汝，而長子邁將赴饒之德興尉，送之至湖口，因得觀所謂石鐘者。寺僧使小童持斧，於亂石間擇其一二扣之，硿硿焉，余固笑而不信也；至莫夜月明，獨與邁乘小舟至絕壁下，大石側立千尺，如猛獸奇鬼，森然欲搏人，而山上棲鶻，聞人聲亦驚起，磔磔雲霄間，又有若老人欬且笑於山谷中者，或曰此鸛鶴也，余方心動欲還，而大聲發於水上。噌吰如鐘鼓不絕，舟人大恐，徐而察之。則山下皆石穴罅，不知其淺深，微波入焉，涵澹澎湃而為此也。舟迴至兩山間，將入港口，有大石當中流，可坐百人，空中而多竅，與風水相吞吐，有窾坎鏜鞳之聲，與向之噌吰者相應，如樂作焉。因笑謂邁曰：汝識之乎？噌吰者，周景王之無射也；窾坎鏜鞳者，魏獻子之歌鐘也，古之人不余欺也。事不目見耳聞，而臆斷其有無可乎？酈元之所見聞，殆與余周，而言之不詳，士大夫終不肯以小舟夜泊絕壁之下，故莫能知，而漁工水師雖

〔註 3〕引趙翼：《甌北詩話・卷五》批評東坡詩話之言：此評亦可移於文中。

知而不能言，此世所以不傳也，而陋者乃以斧斤考擊而求之。自以
為得其實，余是以記之，蓋歎酈元之簡，而笑李渤之陋也。

又〈記遊松江〉云：

吾昔自杭移高密，與楊元素同舟，而陳令與張子野皆從余過李公擇
於湖，遂與劉孝叔俱至松江。夜半月出，置酒垂虹亭上，子野年八
十五，以歌詞聞於天下，作〈定風波〉令，其略云：見說賢人聚吳
分，試問，也應傍有老人星。坐客懽甚，有醉倒者，此樂未嘗忘也。
今七年耳，子野、孝叔、令舉皆為異物，而松江橋亭，今歲七月九
日海風架潮，平地丈餘，蕩盡無復子遺矣！追思曩時，真一夢耳。
元豐四年十二月十二日，黃州臨皋亭夜坐書。

東坡融合文學與藝術的審美趣味，將山水遊記帶向性靈的境界中，晚明小品
作家對他推崇備至，鍾惺甚至說：「有東坡之文，而戰國之文可廢也。」直到
清代，還可以找到因襲的線索。

六、蘇轍

（一）生平簡介

蘇轍，字子由，蘇軾之弟，生於宋仁宗寶元二年（1039），卒於徽宗政和
二年，年七十四歲。十九歲與兄軾同登進士。神宗時，因力陳安石行青苗法
之不可，出為河南推官，哲宗召為右司諫，累遷御史中丞，拜尚書右丞，進
門下侍郎。紹聖初，上疏諫事，後謫循州，徽宗立，已而復大中大夫致仕。
築室於許，號潁濱遺老，自作傳萬餘言，不復與人相見，終日默坐，如是者
將十年，卒，諡文定。轍著有《欒城集》五十卷，《欒城後集》二十四卷，《欒
城三集》十卷、《應詔集》十二卷，及《詩集傳》、《春秋集解》、《孟子解》、《論
語拾遺》……等，並傳於世。

（二）重要遊記作品

〈廬山棲賢寺新修僧堂記〉（元豐三年）（1080）

〈東軒記〉（元豐三年）（1080）

〈武昌九曲亭記〉（元豐五年）（1082）

〈黃州快哉亭記〉（元豐六年）（1083）

〈洛陽李氏園池詩記〉（熙寧七年）（1074）

（三）作品特色

蘇轍爲人曠達清和，他的文章雖不如其兄子瞻之妙悟，然而致力於「氣」的功夫極深；氣壯則理直，理直則近於言宜，言宜則庶幾可達於神。而蘇轍的養氣功夫，來自於外方的激發，尤其講究求之高山大野，而足以登覽以自廣；求之天下奇聞壯觀，而足以激發志氣者，所謂文章得江山之助。因此蘇轍的山水遊記，最大特色便是沉靜淡泊而有氣概。

例如〈廬山棲賢新修僧堂記〉，描述廬山之險勝，〈黃州快哉亭記〉，描述江水之淘湧，莫不氣勢澎湃而雄健。至於登覽之情，則轉爲清和；如〈武昌九曲亭記〉，憶與蘇軾舊遊，充滿了沉靜沖淡之味；〈東軒記〉所謂「追求顏氏之樂，懷思東軒，優遊以其老」、「熟知得失所在，惟其無愧於中」等，可見其坦蕩謙和之胸懷。

蘇軾說：「子由之文詞理精確有不及吾，而體氣高妙，吾所不及⋯⋯」，而後人亦多以爲子由才力短而用心重，然觀其山水遊記，遊刃於世，頗有古風，正如《宋史》所評：「秀傑之氣，終不可掩」也。蘇轍將山水遊記拈向氣的功夫，也未嘗非一項貢獻。

如〈廬山棲賢新修僧堂記〉云：

> 元豐三年，余得罪遷高安，夏六月，過廬山，知其勝而不敢留，留二日，涉其山之陽，入棲賢谷。谷中多大石，嶪嶪相倚。水行石間，其聲如雷霆，如千乘車行者，震掉不能自持，雖三峽之險不過也，故其橋曰三峽。渡橋而東，依山循水，水平如白練，橫觸巨石，匯爲大車輪，流轉淘湧，窮水之變。院據其上流，右倚石壁，左俯流水，石壁之趾，僧堂在焉。狂峰怪石，翔舞於簷上，杉松竹箭，橫生倒植，蔥蒨相糾，每大風雨至，堂中之人，疑將壓焉。問之習廬山者曰：雖茲山之勝，棲賢蓋以一一數矣。⋯⋯此古之達者所以必因山林築室廬，蓄蔬米，以待四方之遊者，而二遷之所以置力而不懈也，夫士居於塵垢之中，紛紜之變，日進於前，而中心未始一日忘道⋯⋯。

七、黃庭堅

（一）生平簡介

黃庭堅，字魯直，號涪翁，洪州分寧人。生於宋仁宗慶曆五年（1045），

卒於徽宗崇寧四年（1105），年六十一歲。舉進士，蘇軾嘗見其詩文，以為絕塵超逸，由是名聲始盛。熙寧年，教授北京國子監。哲宗立，召為校書郎，後擢起居舍人，紹聖中，屢遷貶，徽宗初，起知太平州，末徙永州，未聞命而卒，私謚文節先生。庭堅文章天成，與張耒、晁補之、秦觀俱遊蘇軾門下，天下稱為「四學士」，庭堅尤長於詩，世號「蘇黃」，又善行草書，楷法自成一家。初游皖山谷寺石牛洞，樂其泉石之勝，因自號山谷道人。著有《山谷內外集》四十四卷，別集二十卷，詞一卷，簡尺二卷，並行於世。

（二）重要遊記作品

〈遊安樂山記〉（建中靖國元年）（1101）

〈題練光亭〉

〈書壺中九華山石〉（建中靖國元年）（1101）

〈題固陵寺壁〉（建中靖國元年）（1101）

〈題西林寺壁〉（崇寧元年）（1102）

〈題太平觀記〉（崇寧元年）（1102）

〈書吳叔元亭壁〉（崇寧元年）（1102）

〈西山南浦行記〉

〈題浯溪崖壁〉（崇寧三年）（1104）

〈石門寺題名〉

〈游中巖行記〉（元符三年）（1100）

〈題三遊洞〉（建中靖國元年）（1101）

（三）作品特色

黃庭堅的山水遊記，以題跋為主，多不滿百文之小品；內容或寫景、或抒情、或敘事，要皆簡單明快，與蘇軾題跋並稱於世。例如〈書吳叔元亭壁〉：

> 朝奉郎新當塗守黃某，於崇寧元年四月丁未來謁叔元，晚登秀江亭，
>
> 澄波古木，使人得意於塵垢之外，蓋人間幽景兩絕耳！

輕描淡寫中，兼含敘事寫景抒情，令人欣歎。

大抵而言，山谷的題跋，雖不若東坡之幽情理趣而意在言外，然沈鍊明快之風，以及不事雕琢之氣，反而有股自然樸質的風貌，與所題之石壁之拙，相映成趣。

八、秦觀

（一）生平簡介

秦觀，字少游，一字太虛，揚州高郵人。生於宋仁宗皇佑元年（1049），卒於徽宗建中靖國元年（1101），年五十三歲。少豪雋慷慨，溢於言詞，舉進士不中，見蘇軾於徐，爲賦黃樓，軾以爲有屈宋才，勉以應學，始登第，爲臨海主簿。元祐初，累遷國史院編修官，尋坐黨削秩。徽宗立，復宣德郎，放還至藤州，卒。著有《淮海集》四十卷，及詞一卷，傳於世，世因稱爲秦淮海。

（二）重要遊記作品

〈雲齋記〉（元豐三年）（1080）

〈龍井記〉（元豐二年）（1079）

〈龍井題名記〉（元豐二年）（1079）

〈遊湯泉記〉（熙寧十年）（1077）

（三）作品特色

秦觀爲蘇門四學士之一，雖以詞著名，然而頗有全才之稱，陳師道稱他：「少游之文，過僕數等，其詩與楚辭，僕願學焉；若其傑偉行，聽遠察微，僕終不近也。」（《全集卷九・答李端叔書》），而觀其山水遊記，與歐曾等古文家，已大有不同：

1. 偏重於敘遊寫景、載道之氣盡消：如〈雪齋記〉寫雪齋之勝與其人之風，而鮮少道學意味。〈龍井記〉諸篇，皆以敘行記遊爲主題，寫景成份最濃；其中〈龍井題名記〉，簡短有致，記夜游之情景，頗有東坡之韻味。〈遊湯泉記〉則追敘去年之遊，以空間爲主，描述自高郵到烏江三百二十五里之山水美景、佛寺神廟勝蹟，全篇千餘言，而無一載道之言，堪稱佳作。

2. 描述景物精緻而寫實：〈龍井記〉首先比較西湖、淛江與龍井的景色，各具特色，形象分明；〈龍景題名記〉寫月夜景緻，所謂「天宇開齋，林間月明，可數毛髮」。不但寫實傳神；又如〈遊湯泉記〉所描述溪澗龍洞之景：「腹中空豁，可儲粟數萬斛，屏以青壁，而泉嚙其趾，蓋以乳石而鼠家其竇。」先以譬喻法形容洞之廣，再以轉化法寫泉蝕洞狀，亦頗詳實生動。山水遊記至此，逐漸與宋代寫實主義畫風相接合。

如〈龍井題名記〉云：

元豐二年，中秋後一日，余自吳興過杭，東還會稽，龍井辯才法師，以書邀予入山。比出郭，日已夕，航湖至普寧，遇人參寥，問龍井所遣籃輿，則曰以不時至，去矣。是夕，天宇開霽，林間月明，可數毛髮，遂棄舟，從參寥仗策並湖而行；出雷峰，度南屏，濯足於惠因澗，入靈石塢，得支徑上風篁嶺，憩于龍井亭，酌泉據石而飲之。自普寧凡經佛寺十五，皆寂不聞人聲，道旁廬舍，或燈火隱顯，草木深鬱，流水激激悲鳴，殆非人間之境。行二鼓，始至壽聖院，謁辯才於潮音堂，明日乃還。

秦觀的山水遊記，可以說是繼承蘇軾的文學觀，而更遠離了北宋古文家載道傳統，走向了抒情與寫實的記遊意趣。

九、附錄作家與作品

除前述八大家外，北宋山水遊記零散佳作不少，今列表如下，並擇要說明之：

陳協用	〈方靈山寺記〉	雍熙三年（986）
陳堯佐	〈羅浮圖贊〉	
謝絳	〈遊嵩山記梅殿丞書〉	明道元年（1032）
胡宿	〈高齊記〉	慶曆二年（1042）
	〈題湖州西余山寧化寺弄雲亭記〉	慶曆三年（1043）
	〈流杯亭記〉	慶曆七年（1047）
宋祈	〈凝碧堂記〉	
	〈重修彭祖燕子二樓記〉	景祐二年（1035）
梅聖俞	〈覽翠亭記〉	慶曆六年（1046）
蘇舜卿	〈滄浪亭記〉	慶曆五年（1045）
	〈遊蘇州洞庭山水月禪院記〉	慶曆七年（1047）
	〈處州照水堂記〉	
蔡襄	〈記徑山之遊〉	
劉牧	〈待月亭記〉	
張澧	〈遊城南記〉	元祐元年（1086）
劉攽	〈泰州玩芳亭記〉	

呂陶	〈重修成都西樓記〉	嘉祐六年（1061）
劉斧	〈遊武夷山記〉	
張舜民	〈定平擬壽寺塑佛記〉	
	〈彬行錄〉	元豐年間
柳拱辱	〈澹山巖記〉	熙寧七年（1074）
柳應辰	〈澹山巖記〉	熙寧七年（1074）
楊傑	〈西山紀遊記〉	治平四年（1067）
陸佃	〈越州寶林院重修塔記〉	
	〈適南亭記〉	熙寧十年（1077）
錢勰	〈靈香閣記〉	熙寧五年（1072）
劉弇	〈遊狼山記〉	元豐四年（1081）以後
陳後山	〈思白堂記〉	元豐六年（1083）
	〈忘歸亭記〉	熙寧七年（1074）
晁補之	〈照碧堂記〉	
	〈新城遊北山堂記〉	熙寧年間
	〈拱翠堂記〉	
張耒	〈陵川縣山水記〉	政和元年（1111）
	〈思淮亭記〉	
邵伯溫	〈秦山錄〉	
	〈嵩山紀行〉	
黃通	〈題王官谷〉	
王臣	〈登蓮花峰記〉	嘉祐年間
朱處約	〈蓬萊閣記〉	嘉祐六年（1061）
鄭志道	〈劉阮洞記〉	元祐三年（1088）以後
宗澤	〈賢樂堂記〉	
鄒浩	〈梅花記〉	
	〈得志軒記〉	
張挺	〈浮丘公廟靈泉記〉	政和三年（1113）以後
王廷圭	〈遊廬山記〉	政和七年（1117）
錢伯言	〈遊泰嶽祠記〉	宣和七年（1125）

| 馬純 | 〈倚箔山錄〉 | 宣和末年 |
| 周莊 | 〈括蒼山最高軒記〉 | 靖康元年（1126） |

以上諸作中，張澧的〈遊城南記〉敘述元祐元年，與友人陳徵明游長安城南，訪唐代都邑舊址之所歷所見，同時自爲之註。正文敘遊踪，註文則考其地來源廢興。凡門坊、寺觀、園囿、村墟及前賢遺蹟，皆敘錄詳備，可以說是一部人文地理遊記。

張崇民的〈彬行錄〉，是北宋另一篇特殊遊記；約作於神宗元豐年間。大抵敘述他從洪澤口，順運河南行到金陵，再順北西行到江西一帶的所見所聞，凡山光水色、名勝古蹟、風土建築，皆有描述。根據《畫墁集》卷八、九，全篇自「丁丑、拜雙廟……」到戊子遊迴雁峰等地，戛然而止，無起合之跡，不知是否有缺文？至於結構則以時繫遊，而非逐日記遊。文章則簡潔有理致，偶而出現極整齊、詩化的句法；景緻摹寫在輕描鉤勒中，形象畢出，大概是由於他本身嗜畫，又善題評，使得景物的描寫如此精確吧？——北宋前期的作品多屬於單篇雜記，惟此篇長達一萬兩千餘言的日記體遊記，實令人驚喜！

此外，若蔡襄〈記徑山之遊〉、劉弇〈遊狼山記〉、邵伯溫〈泰山錄〉、鄧志道〈劉阮洞記〉以及周莊〈括蒼山最高軒記〉等篇，不僅摹景細緻華美，且運而譬喻、轉化諸法摹寫官感經驗，極生動傳眞，不亞於南宋諸作；北宋山水遊記至此已稍露轉變之跡。

第二節　南宋山水遊記的發展及其重要作家與作品

南宋渡江初期的作家，以葉夢得、汪藻、鄭剛中爲要。葉夢得的〈遊茅山記〉，略述其景與事聞；〈仙都觀記〉描寫旅程中溪石之狀與風雪之屬，至於〈夜遊西湖〉紀事則敘述夜遊西湖之情景趣味，都是極佳的小品遊記。

汪藻的〈鎭江府月觀記〉，氣勢雄勁，首敘江山景勢，次登樓所望，末感慨中原未復，頗有借江山以抒寫其志；其〈翠微堂記〉、〈書繡堂記〉、〈永州玩鷗亭記〉等，敘景細緻，然主旨不外抒發江山與人相得之理，以及政治憂患意識，頗有志懷山海，慷慨之氣；反映了兩渡初期不安的局勢與文人的志節。

鄭剛中的〈可友亭記跋〉，以記亭景，並寄懷之意，尚不足觀；至於其〈西征道理記〉，則是一篇因安輯民心而出使陝西的長記。據他自序云：「至於所

過道里，則集而記之，雖搜覽不能周盡，而耳目所際，亦可以驗遺蹤而知往古，與夫兵火凋落之後，人事興衰，物情向背，……以其年四月二十二，再出北關，……率官吏以歸，水陸凡六十驛，往來七十二百里。」——可見其內容大意，然亦不失一部人文地理遊記。

以上為渡江之際的作品，而在偏安以後，由於地理環境的改變，加以文人或因流離、遷貶、出使、履職等因素，往往得以盡觀東南名山大川，所謂「天地寶藏之所出，仙聖窟宅所隱」（郭熙《林泉高致》）的神奇靈秀之地，給文人帶來了鮮麗繽紛的景象，心靈毓秀的震撼，於是山水遊記的領域益加發展。以下便衣序列舉之：

一、王十朋

（一）生平簡介

王十朋，字龜齡，溫州樂清人，生於宋徽宗政和三年（1113），卒於孝宗乾道七年（1171），年六十歲。天資穎悟，長有文行，聚徒梅溪，受業者以百數。秦檜死，帝親政策士，擢為第一。累遷著作郎、歷知饒、夔、湖、泉諸州；後以龍閣圖學士致仕，卒，諡文忠。著有《梅溪集》三十二卷，續集五卷，及《春秋》、《尚書》、《論語解》，《會稽三賦》、《東坡詩集注》，並行於世。

（二）重要遊記作品

〈雁蕩山壽聖白岩院記〉

〈天香亭記〉

〈夔州新遷諸葛武侯祠堂記〉（乾道三年）（1167）

〈遊天衣詩序〉（紹興二八年）（1158）

〈綠畫軒記〉

〈望九華〉

（三）作品特色

前三篇描述雁蕩、剡山、及夔州等東南山川景勢，氣勢雄渾而剛健，〈遊天衣詩序〉則文辭樸質多排比，如：「天氣既佳，愛日初長，籃輿出蠡……徉徜乎秦……林麓靜深，山轉徑迂，烟靄出沒，初行若迷。」而〈綠畫軒記〉則首段以排偶儷語，寫霓山及軒景，其後以散文對話方式敘遊及名軒等事。情趣優雅，而筆法、結構多變化。大體而言，王十朋之文可剛可柔，可質可儷，然而皆可以以「典雅」一辭涵括之。

二、陸游

（一）生平簡介

陸游，字務觀，越州山陰人。生於宋徽宗宣和七年（1125），卒於寧宗嘉定三年（1210），年八十六歲。年十二能詩文，試禮部前列。孝宗稱其力學有聞，言論剴切，除樞密院編修，後知夔嚴二州。與范成大為文字交，成大嘗荐他為參議官，後以寶章閣待制致仕。游平日行動，不拘禮法，人或譏其頹放，因自號放翁。嘗愛蜀道風土，題其生平所為詩曰《劍南詩彙》，以志仰慕。

陸游詩詞皆工，尤以詩著名，與范成大、楊萬里、尤袤並稱四大家。詩之量多至萬餘首，為自來詩人所未有。所著書今有《劍南詩稿》八十五卷、《渭南文集》五十卷、《逸集》兩卷，詞一卷，《老學菴筆記》十二卷，及《南唐書》、《入蜀記》、《天彭牡丹譜》等，極為豐富，並傳於世。

（二）重要遊記作品

〈遊雲門聖壽院記〉（紹興二七年）（1157）
〈嚴州重修南山報恩光孝思記〉（紹熙四年）（1193）
〈盱眙軍翠屏堂記〉（開禧元年）（1205）
〈東籬記〉（開禧元年）（1205）
〈入蜀記〉（乾道五年～六年十月）（1169～1170）

（三）作品特色

陸游雖精工詩詞，作品數量極多，而他的散文亦極出色、豐富。山水遊記除了前列之作外，其餘如〈萬卷樓記〉、〈靈秘院營造記〉、〈法慈懺院記〉、〈湖州常照院記〉……等，敘景亦頗工麗，風格皆類似，唯以記土功為要，故舍之。至於〈遊雲門聖壽院記〉諸篇，內容與技巧之變化，皆難與〈入蜀記〉相較；因此，要了解陸游山水遊記的特色及價值，當以〈入蜀記〉為對象。

〈入蜀記〉見於《陸放翁全集》四十三卷到四十八卷，共六卷，三萬餘字。逐日記為，開創長篇日記體遊記的先聲。首敘行旅之因：「乾道五年十二月六日，得報差通判夔州，……謀以夏初離鄉里」，次記起程：「六年閏五月十八日，晚行，……兄弟餞別，五鼓始決去。」以下即逐日記敘他從山陰到夔州，沿江上行的旅途見聞。凡沿江的風光名勝、古蹟史聞、風土人情、習俗物產等，皆有描述。或感時寄興，或見景抒情，或分析史蹟要塞，或印證

史聞、或記遊之趣……夾敘夾議，兼具知性與感性色彩。其中尤以描江行之遇及湖面風光為眾，例如〈卷二〉記兩舟相遇之狀：

> 是日使風，擊鼓掛帆而行，有兩大舟東下者，阻風泊浦敘，見之大
> 怒，頓足詬罵不已，舟人不答，但撫掌大笑，鳴鼓愈屬，作得意狀。

> 江行淹速常也，得風者矜，而阻風者怒。

將阻風的無可奈何與順風的得意，作了強烈的對比，異常鮮活。

又記中描寫江中群魚百態，所謂：「開南窗觀溪山，溪中絕多魚，時裂水面躍出，斜日映之，有如銀刀。」〈卷二〉、「江中江豚十數出沒，色沒黑或黃，俄又有物長數尺，色正赤，類大蜈蚣，奮首逆水而上，激水高三二尺……」〈卷三〉、「……泊梅根港，巨魚十數，色蒼價，大如黃犢、出沒水中，每出，水輒激起，沸成白浪。」各具特色。

至於描寫湖面江山之勝，則如：「……至山後，有陂湖渺然，蓬芰甚富，沿湖多木芙蕖，數家夕陽中，蘆藩旁舍，宛有幽致，而寂然無人聲。」〈卷四〉、「群山環擁，層出間見，古木森然……欄外雙瀑，瀉石澗中，跳珠濺玉，冷入人骨。」〈卷四〉又：「是日天宇晴霽無纖翳，惟神女峰上有白雲數片，如鸞鶴翔舞，裴徊久之不敢。」文辭淺易，輕描淡寫，而頗有幽情雅緻。

陸游的山水遊記，雖然以知性、感性並重，然而敘事必緣景而發，抒情必與景相融，議論則因於情景；故行文自然流暢，在清麗中呈現出平實穩健之風，彷彿點到即止，全不費筆墨。因此，比之范成大《吳船錄》，雖同樣描述蜀山峽影，卻有一種澎湃後的平靜與祥和。《入蜀記》可以說是宋代山水遊記向前開展的一大成就。

三、范成大

（一）生平簡介

范成大，字致能，號石湖居士，吳郡人，生於宋欽宗靖康元年（1126），卒於光宗紹熙四年（1193），年六十八歲。紹興二四年（1154）擢士第；曾充國信使使金，進國書，不辱命而返。除中書舍人，後拜參知政事，末進資政殿學士，加大學士。卒，追封崇國公，諡文穆。范成大素有文名，尤工於詩，為南宋四大家之一。著有《石湖集》一百三十六卷，及《驂鸞錄》、《吳船錄》、《吳郡志》，《桂海虞衡志》、《范村菊譜》、《范村梅譜》等，並傳於世。

（二）重要遊記作品

〈攬轡錄〉（乾道五年）（1169）

〈驂鸞錄〉（乾道八年）（1172）

〈吳船錄〉（淳熙四年）（1177）

（三）作品特色

上三篇是謂「石湖紀行三錄」。《攬轡錄》乃范成大被命以資政大學士，以起居郎使金，沿途所經歷；內容除了金廷所見外，對於金的建築、宮殿、貨鈔、甲兵以及制度習俗，都有詳細記述，例如《八月癸卯》，有記胡人生活形貌說：「過羑河，上有羑里城四垣，嚴然居民，林木滿其中，過相州市，秦樓、翠樓、康樂樓、月白風清樓，皆其亭也。秦樓有胡婦，衣金鏤，鵝紅大袍，金樓紫勒帛襄。」此外，對於故土易主，舊時城殿苑圃之更名變壯，甚至荒廢，頗有黍麥之悲，所謂「使屬官吏望者，皆隕涕不自勝」。

《攬轡錄》以日繫時，然而並非逐日而記；至於《驂鸞錄》，則逐日載程，是乃范成大自中書舍人赴帥桂林，出知靜江府時，紀途中所見。書名之由來，據書末所稱，乃取韓愈「遠勝登仙去，飛鸞不暇驂」的詩意，原在讚美桂林之歆豔，由此也可窺全書內容主旨之所在。

《驂鸞錄》從「發吳郡……泊船姑蘇館」起，除了記遊踪、風土外，以沿途觀遊景緻為主，而夾以敘議。其摹寫風景，簡潔清麗，不費筆墨，與陸游《入蜀記》風格差似。如：

> 早飯，松江送客，入瞿庵，夜登垂虹，霜月滿江，船不忍發，送者
> 亦忘歸，遂泊橋下。（十五日）

> 登清江台，前眺江流，練練如橫一帶，閣阜玉笋，諸山江外，殘雪
> 未盡，縈青繚白，遠目增明。（十三日）

至於入桂林，則：

> 石峰森峭，羅列左右，如排衙引而南，同行皆動心駭目，相與指示
> 夸歎，又謂來遊之晚。夾道高楓，古柳道塗，大達如安肅故疆。

《驂鸞錄》雖以記遊為主題，然而，范成大真正發揮他成熟而精鍊的寫景敘遊技巧，當在自蜀帥還吳時，所寫的《吳船錄》。

《吳船錄》二卷，自成都沿江至平江，中間數千里，景緻氣候的繽紛變化，山川風物、史蹟傳聞的飫探等等，歷歷在眼前，蘇軾說：「山水游放之樂，

自是人生難必之事。」──讀石湖的《吳船錄》，則前人臥遊之說，有足徵矣！
而一般人最稱道的，是他紀大峩八十四盤之奇，與銀色世界，尤其是「佛現」
一段，充滿了色彩、光影的輪替更迭，繁複的官感經驗，在宋代以前的遊記
裏，著實少見。」

除了大峩佛現一段外，其餘如江峽、水石、高峰、瀑泉、巖壁、澗穴、
奇花異草⋯⋯等的描述，皆極有可觀，如：

> ⋯⋯須臾，風雨大至，巖溜垂下如布，雨映松竹，如玉塵散飛。

又，描述龍門峽：

> 以一葉舟棹入石門兩岸，千丈巖壁，色如碧玉，刻削光潤，入峽十
> 餘丈有兩瀑布，各出一巖頂，相對飛下，激爲飛雨，濺沫滿峽，舟
> 過其前，衣皆沾灑透滋。

無怪乎後人陳士業讚美他說：「蜀中名勝，不遇石湖，鬼斧神工亦虛施其技巧
耳！」（《知不足齊吳船錄題詞》）

四、周必大

（一）生平簡介

周必大，字子充，一字洪道，其先鄭州管城人，後徙廬陵。生於宋欽宗
靖康元年（1126），卒於寧宗嘉泰四年（1201），年七十九歲。紹興二十年（1150）
舉進士第，又中博學宏詞科，孝宗時除起居郎，後拜右丞相，封濟國公。光
宗間當世急用，奏用人求言二事；寧宗即位，求直言，奏四事。慶元元年（1195），
以少傅致仕。自號平園老叟。卒，諡文忠。著作繁富，有《平園集》二百卷，
及《玉堂雜志》、《二老堂雜志》等八十二種、傳於世。

（二）重要遊記作品

〈遊茅山錄〉

〈九華山錄〉（乾道三年）（1167）

〈遊天平山錄〉

〈遊西山錄〉（乾道年間）

〈廬山錄〉（乾道三年）（1167）

〈廬山後錄〉（乾道三年）（1167）

〈遊石鐘山錄〉（乾道三年）（1167）

（三）作品特色

周必大的作品風格和范成大頗為相似；除了〈遊天平山錄〉與〈遊石鐘山錄〉，篇幅較小外，其餘多長篇日記體遊記，無論規模或時空，比起北宋，已擴大了不少；至於題材，則集中於東南諸名山，顯示了南方地理環境的特色；內容則以敘述行踪，描寫景物，以及建築與仙道傳聞為主。至此偏於說理、議論的北宋遊記特色，幾消失殆盡。因此，在寫作技巧上，偏於景緻摹寫，及仙道傳聞的敘述。

〈遊茅山錄〉記其攜家遊茅山，對於宮觀華陽洞的傳聞史蹟，介紹頗詳。

〈九華山錄〉寫景最麗，兼以賦詩，尤其是中間一段，描寫削壁、石洞、懸瀑、潭溪之狀，擬喻美妙生動，例如：「步至上雪潭，源高而遠，仰視蓮花峰，正如所倚之屏，其前則石門水所注也，峭壁削成，懸瀑十丈，怒濤駭浪，不減三峽，或瀦為深淵，或散為奔湍……約二百步為下雪潭……潭中產石斑魚，不常得，有櫻珞泉水，跳石上為貴珠，尤為奇絕。」

〈廬山錄〉與〈後錄〉二篇，是前後兩次登遊所記，以〈後錄〉為佳，全篇近六千言，詳述廬山全貌，並多引詩文相印證，平實中，不乏神妙之筆，例如：「……清暉閣，西對廬阜，如青天翠屏；初至，白雲英英起山腰，少焉散漫，俄復退斂，已而山被絮易變態不常，舉酒賞之，不覺竟醉。」——敘山嵐變態，漫妙如舞，令人歎絕。

又，〈遊天平山錄〉，描述卓筆峰之險狀，多譬喻之詞；〈遊石鐘山錄〉，則敘扣擊石鐘之趣；皆清麗可愛。至於〈遊西山錄〉，則較平淡無奇。

觀周必大的遊記，寫實、抒情與敘事三者，運用自如，寫作技巧也富於變化，其山水遊記，實已臻於成熟。

五、王質

（一）生平簡介

王質，字景文，其先鄆州人，後徙興國，生年不詳，卒於宋孝宗淳熙十六年（1189）。博通經史，善屬文，游太學，與王阮齊名：從張孝祥父子游，甚見器重，著論五十篇，言歷代君臣治亂，名為朴論。紹興三十年舉進士第，為太學正，孝宗時因讒罷去。虞允文宣撫川峽，令質草檄契丹文，辭氣激壯，允文稱曰：「景文真天才也！」允文當國薦之，遂因憚不行，奉祠山居以卒。質著有《雪山集》四十卷，及《詩總聞》、《紹陶錄》、《林泉結契》等，並行於世。

（二）重要遊記作品

〈遊東林山水記〉（紹興二十八年）（1158）

〈玉淵龍記〉

（三）作品特色

王質山水遊記雖數量不多，然而頗具特色，不但寫景如詩，且敘事如小說、議論慷慨高亢；是宋人山水遊記中的傑作。

《遊東林山水記》是典型的遊記，首載日期，次敘行程與景物，末抒情並記同遊者。其中對於旅途遊踪的描寫，幾乎步步皆麗景，筆筆有詩意，景象清麗而氣韻高妙，例如描寫荷花景趣：「一色荷風，風白兩岸岸來，紅披綠偃，搖蕩葳蕤，香氣勃鬱，衝懷冒袖，掩穿苒不脫。」將抽象的覺意象，以轉化的筆法具體化，讀之，彷彿荷香撲鼻而來。又：「小駐古柳根，得酒兩罌，菱芡數種，復引舟入荷花中，歌豪笑劇，響震溪谷。」則遊舟荷花池之樂畢出。而描寫夜遊的情景，所謂：「夜既深，山益高且近，森森欲搏人；天無一點雲，星斗張明，錯落水中，如珠走鏡，不可收拾……春禽一兩聲，翛使人悵而驚也。」以動態的筆法，寫靜態的夜空及感觸，同樣情景交融，不著痕跡。總之，全篇不惟色彩紛麗，聲氣錯雜，且感性十足也。

《玉淵龍記》則風格迥異，前段描述山瀑傾瀉而下，崩撞衝激的景象：「如奔星、如激矢、如驚鷗、如戲羊、……其飛流濺沫，如急雨、如飛霆，其窮而下者，如潑乳、如揮膏。」一連串的譬喻，使得節奏緊湊而氣勢萬鈞；其次敘述玉淵龍傳奇，情節生動，宛如小說；最後因玉淵龍而發抒天地萬物一體的精神，見解精確而筆法詳委有理致。

總之，王質的山水遊記，在氣韻神味上，不亞於北宋諸作家；而議論精詳，也可比擬理學家；此外，尚具有陸游、范成大等人的高度摹景技巧，可以說在形式、內容、技巧各方面，都有極高的成就。

六、朱熹

（一）生平簡介

朱熹，字元晦，徽州婺源人，生於宋高宗建炎四年（1130），卒於寧宗慶元六年（1200），年七十一歲。登紹興進士，歷事高宗、孝宗、光宗、寧宗四朝，凡所奏聞，皆正心、誠意、修齊、治平之道。累官秘閣修撰，終寶文閣

待制。慶元中，致仕，旋卒。後追諡文，又贈太師，封信國公，改徽國公。朱熹爲理學大家之一，集南宋理學大成；他又集《大學》、《中庸》、《論語》、《孟子》爲四子書，成爲明清二代科舉的聖典。著有《易本義啓蒙》、《詩集傳》、《大學中庸章句》、《論語孟子集注》、《晦菴集》等；所編有《論語集議》、《孟子指事》等書，又平生爲文，凡百卷，生徒問答八十卷，別錄十卷，並行於世。

（二）重要遊記作品

〈南嶽遊山後記〉（乾道三年）（1167）

〈百丈山記〉（淳熙二年）（1175）

〈雲谷記〉（淳熙二年）（1175）

〈江陵府曲江樓記〉（淳熙六年）（1179）

〈臥龍庵記〉（淳熙七年）（1180）

〈西原庵記〉（淳熙八年）（1181）

〈隱精屏舍自序〉（淳熙十年）（1183）

（三）作品特色

宋代復古運動發展到高峰時，因過份強調道的重要，無形中建立了所謂道統文學，尤以周敦頤、二程爲著，由於道學家輕視文藝，連帶的，北宋道學家的著作，幾乎找不到山水遊記；而朱熹承二程遺諸，雖有他偏執處，然而也不乏他通達的理趣，同時他著作豐富，在散文方面極有成就，他的山水遊記是道學家中，惟一作品較多，且俱有相當成就的。

〈南嶽遊山後記〉，因遊山歸來，見山川林野、風煙景物，無非是詩，由於感發作詩之義，是一篇借景興議的遊記。其次〈雲谷記〉、〈臥龍庵記〉、〈西原庵記〉與〈隱精屏自序〉等篇，描述所居之美，雖有安貧樂道之思，然亦頗有才不見用之慨，進而嚮往先王古風之意，所謂「耕山釣水，養性讀書，彈琴鼓正，以詠先王之風，亦足以樂而忘死矣」。至於〈江陵府曲江樓記〉，則爲登樓感傷時事，末尾借詩經：「天生蒸民，好是懿德。」以示反諸身而自得之意。

朱熹的遊記，寫景雖麗，而往往在闡明儒學之義，所以然者，因爲他的「道」是不離民生日用之常的實踐主義哲學，所以重詩之義，詠先王之風，實際上都是本於發揚聖學的精神，因此，見山水則思天地萬物之道理，反之，

天地萬物之理皆存於自然——道中。這便是朱熹遊觀山水的心得了。

　　而在寫作技巧方面，朱熹遊記除〈百丈山記〉外，餘皆夾議夾敘，敘事則明析，說理則精實而連續不斷，正所謂「苦口婆心」也。在寫景方面，道家們雖然不講求技巧，然而朱子摹寫景物，卻是在平實中，有出新之辭；如〈百丈山記〉描寫瀑布噴瀉於月光中，所謂：「東南望見瀑布，自前巖冗瀵湧而出，投空下數十尺，其沫乃如散珠噴霧，日光燭之，璀璨奪目。」又如寫夕陽雲海之狀：「日薄西山，餘光橫照，紫翠重參……白雲滿川，如海波起伏，而遠近諸山出其中者，皆若飛浮來往。」而〈臥龍菴記〉寫「臥龍」之勢，則說：「……有黃石數丈，隱映連屬，在激浪中，視者眩轉，若欲蜿蜒飛舞，故名臥龍。」凡此種種，形容比喻之精妙，實非北宋以來，不講修辭的道學家所可比擬的。

　　理學到了朱熹，雖然達到高峰，然而由於朱熹著作豐富，堪稱南宋散文作家，繼而起者，如張栻、呂祖謙、葉適等理學家，都有極佳的山水之作。

七、張栻與呂祖謙

（一）張栻

　　張栻，字敬夫，一字樂齋，廣漢人，生於高宗紹興三年（1133），卒於孝宗淳熙七年（1180），穎悟夙成，以古聖賢自期，嚴於義利之辨，卒諡宣，學者稱南軒先生，有《南軒集四十四卷》、《南軒易說》、《伊川粹言等著作》，並行於世。

　　張栻遊記亦寫景、議論並重。他的〈遊東山記〉，借景興嘆，發抒范仲淹先憂後樂的精神，可以說是以議論為遊記的典型道學家作品。至於他的〈遊南嶽唱酬序〉一篇（乾道三年（1167））是與朱熹同遊南嶽之作，朱熹發之以詩義，張栻則描述「自甲戌至庚辰，凡七日，行經上下數百里景物之美」，並賦詩作。其中對於高山水雪的摹描，尤明析可愛，例如：

> 陰崖積雪，厚幾數尺，廩如素錦屏。日下照林間，水墮鏘然有聲，雲陰驟起，飛霞交集，頃之乃止。

> 晚居閣上，觀晴霞橫帶千里，夜宿方丈，月照雪屋，寒光四射，泉聲隔窗，冷然通夕，恍不知此身踞千峰之上。

凡此不可殫述。實堪稱情文並茂的山水佳作。

（二）呂祖謙

呂祖謙，字伯恭，婺州人，生於高宗紹興七年（1137），卒於孝宗淳熙八年（1181），年四十五歲，與朱熹、張栻友善，稱爲「東南三賢」。第隆興進士，累官至著作郎兼國史院編修官，卒諡成，後諡忠亮。著有《東萊集四十卷》，《古周易》、《春秋左氏傳說》、《東萊左氏博議》……等書；《編宋文鑑》、《古文關鍵》等書，並行於世。

祖謙的文辭，閎肆辨博，凌厲無前，至於山水遊記之作，以《入越錄》爲要，風格則簡鍊明朗、運辭精確。

《入越錄》是一篇長篇日記體遊記，自淳熙元年八月二十八日起圍，到九月十四日，以下缺文（據商務印書館，《國學基本叢書》；《呂東萊文集》〈卷六〉），逐日記遊會稽的情景。前半段多敘行程，平實淨爽，簡單明析，例如：「三里，雙橋坡。二里，鳥石。……十五里，苦李橋……」等；後半段進入佳境，描寫鑑湖一帶風光，景中帶敘，詳委精實，尤其是寫集春堂之亭園，所謂：

> 穿脩竹塢……繚繞深邃，曲徑回復，迷藏亭觀，乍入者煌惑不知南北，山背有流杯巖，鑿城引鑑湖爲小溪，穿巖下，鍵以橫閘，激浪怒鳴，過閘遂爲曲水，長廊華敞，樑棟椽柱皆塗斲象片，繞以清流，甃以蒼石，犬牙參錯，殆若天成。

連續用了近三百字來描述園景的佈置，其語辭之簡鍊而精美，描述之富於形象化，更可看出宋代園林藝術的精緻與華麗。

此外，尚有《臥遊錄》一卷，前二一則錄自劉義慶《世說新語》，次十八則全錄《蘇軾雜著》及《陶潛集》，據宋人王深源序表示，此書乃東萊晚歲臥家，取史傳所載古今人境勝處錄之，而以宗少文臥遊之語置之卷首，然而臥遊之意，「非直以爲怡神玩志之具而已」乃「故國之念，未嘗一日去心」；此篇雖非實地之遊，然而亦可看出宋人對於家國山川的緬懷之情了。

張栻與呂祖謙雖是南宋理學大家，然而在散文——山水遊記方面的成就，實不容掩之。

八、附錄作家與作品

南宋山水遊記作家與作品太多，不亞於北宋，且因技巧之成熟，與南方綺麗之景象，使得山水遊記的創作，更不乏精采之篇。例如：

曹勳	〈重修桐柏觀記〉	
范峻	〈西溪觀魚記〉	
韓元吉	〈東皋記〉	淳熙四年（1177）
	〈雲風台記〉	淳熙七年（1180）
	〈金華洞題名〉	淳熙六年（1179）
	〈凌風亭題字〉	淳熙三年（1176）
尤袤	〈玉霄亭記〉	紹興年間
羅願	〈小蓬萊記〉	
樓鑰	〈雲寶山錦鏡記〉	淳熙十二（1185）年後
	〈北行日錄〉	乾道五～六年間（1169～1170）
王炎	〈東園記〉	
陸九淵	〈遊龍虎山記〉	
朱弁	〈代州清涼山記〉	
	〈記嵩山〉	
葉適	〈醉樂亭記〉	紹熙五年（1194）
	〈沈氏萱竹堂記〉	慶元三年（1197）
	〈寶婺觀記〉	
	〈湖州勝賞樓記〉	嘉定五年（1212）
	〈烟霏樓記〉	紹熙三年（1192）
方信孺	〈九疑環觀記〉	
王哲	〈遊齋山記〉	端平二年（1235）後
孫枝	〈東山記〉	嘉定四年（1211）後
聶厚載	〈惠山泉記〉	嘉定四年（1211）
真德秀	〈溪山偉觀記〉	紹定四年（1231）
	〈觀蒔園記〉	
張世南	〈高蓋山記〉	
	〈方廣巖記〉	
王柏	〈長嘯山遊記〉	
吳龍翰	〈遊黃山記〉	咸淳年間

其中，樓鑰的〈雪竇山錦鏡記〉，將寫景、敘事、議論緊密結合，氣勢雄渾。他的〈北行日錄〉，則是一篇長篇日記體遊記，記其北使金朝的所見所聞，包括遊山川、城鎮的風光，和北方漢民生活情況、胡人體制風格，以及舊史傳聞等；比較范成大同爲使金的〈攬轡錄〉，內容較生動活潑，筆勢較委婉平和，至於文辭則同樣簡潔，間或使用方言。——這是南宋另一篇出使遊記。

南宋倡導心學，與朱熹相抗的理學大師——陸九淵，他的〈遊龍虎山記〉，短短兩百餘字，敘遊及景，極其入徑而用辭典麗，如：「石瀨激雪，澄潭漬藍，鷺翹鳧飛，恍若圖畫，疏松翠篠，蒼苔茂草之間，石護呈黃，金燈舒紅，被巖緣坡，爛若錦繡，輕舟帆檣，嘯歌相聞，聚如魚麟，列如雁行」可謂寫景用心，惟頗似六朝風味。

另外王柏的〈長嘯山遊記〉與吳龍翰的〈遊黃山記〉，寫景敘遊，皆極盡形容之能事，並爲南宋山水遊記的傑作。

至此，則南宋的山水遊記已偏向長篇而縟麗的景物描寫了。

第三節　遺民時期山水遊記的發展及其重要作家與作品

宋亡之後，遺民們親身體會亡國之恥痛，加以自北宋以來所培養的士大夫氣節，使得不少知識份子以身殉國，譬如文天祥、陸秀夫等；而遁隱山林的，更不計其數。這些人多半入於深山峻嶺中，或隱於釋道廟觀中，或行跡於四方名勝，所謂「相遊以忘居」；如此，日與山林爲伍，又加以南宋以來，山水遊記在寫景上的用心與規模上的擴展，無形中，更促使了山水遊記進一步的發展，尤其值得敘述的，是方鳳、謝翱與鄧牧三人。

一、方鳳與謝翱

（一）方鳳

方鳳，字韶卿，字景山，浦江人，生於宋理宗淳祐元年（1241），卒於元英宗至治二年（1322），年八十二歲。以特恩授容州文學，宋亡，隱於仙華山，同里義烏令吳滑關家熟敬事之，疾革，命其子標題其旌曰容州，以誌不忘故國。嘗選刊《月咏社詩二卷》，著有《物異考》、《野服考》，以及《存雅堂遺藁五卷》，並傳於世。

　　方鳳主要作品爲《金華遊錄》，乃記錄了謝翱、方鳳及其子方樗、陳公舉及其弟陳公凱、吳續古于至正二十六年（1289）正月的遊歷，全程長達半個月，四千餘言的日記體遊記。首記與謝翱約遊，以下則敍所遊之跡，末賦詩以歸。全篇內容極爲豐富，亦多仙道傳聞，如臥羊山仙人治眼、丹竈、丹石等故事，敍述有如小說，概因金華本道教所在地，故多仙道傳聞。然而其中最精采的，乃是金華石洞景況的描述，那些由鐘乳石造成的天然石雕石塑，以及星月交映，照射入洞的景象，加上泉石崖壁的幽險，在他精鍊，富於相象的形容、擬喻下，栩栩如生，如：

> 雙龍洞口，石室明淨……其隱約可名狀者，爲雲物、爲仙桃、爲道
> 人，比肩而立，……洞水從右流，莫測其深淺……見蜂窠石、水蛙
> 石、石鐘、水槌之，鐘聲仙珠纍纍貫巖上……有龍形蜿蜒，頭角鬚
> 尾凡二屈，蟠隱見瓜尖，皆如白玉，……又有霜崖槃如繁霜，又有
> 卷石小竅……懸鐘寶蓋如名刹講台上所設……雲霞五色，欲飛極
> 裏，從暗處俯伏遠望洞外，水中所從入處，僅一小隙，透明如十五
> 夜月。

如此細密精緻的觀察力，可以說已達到摹景技巧高度成熟的境地；此種細膩的寫實作風，顯現了宋代畫院的寫實主義作風，也是南宋遊記的特色。

　　至於同遊的謝翱，則有〈金華洞人物古蹟記〉一文。

（二）謝翱

　　謝翱，字皋羽，自號晞髮子，長溪人，後徙浦城，生於宋理宗淳祐九年（1249），卒於元成宗元貞元年（1295），年四十七歲。倜儻有大節，咸淳中試進士不第。性嗜山水，雁山、天姥、四明各勝，足跡殆遍；卒於杭，其友方鳳、吳思齊，葬之釣台南，以文稿殉。翱著述頗多，有詩六卷、雜文五卷……等，又〈陸州山水人物古蹟記〉一卷等，均無傳本；今存《晞髮集十卷》、《晞髮遺集二卷》、《遺集補一卷》、《天地間集一卷》傳於世。

　　謝翱的遊記作品，主要有：〈金華洞人物古蹟記〉、〈自巖麓尋泉至三石洞記〉、〈小鑪峰三瀑記〉。

　　其中〈金華洞人物古蹟記〉，乃與方鳳同遊所作，內容詳細統計，描述金華上、中、下三洞的天然石像，石雕的位置，狀形，如寫亂山之變怪峭峙，稍嫌冗雜，然細膩的觀察力，仍然表現了高度的摹寫力。

　　〈自巖麓尋泉至三石洞記〉與〈小鑪峰三瀑記〉，則寫景、敍事，皆有極

佳的成就。在寫景方面，同樣表現了精緻寫實的特特，例如寫亂山之變怪峭
峙，所謂：「亂山如蹲崖，傾一立，洼者、凸者、跂者、伏者、仆且僵者，散
而布者，如羝之乳，如鹿之奔，如鼠之飛，如鳥鵲之府啄」（〈自巖麓尋泉至
三石洞記〉）。又寫涉溪之險：「松溝溪兩百餘步，地稍峻，泥如沙，欲流者數
處，朴且起，亂石雲浮，煙嵐薄林，木片片欲斷，足相趾而進，不敢視，稍
間斷，前足已遠，後者望前者，如乘雲空中，遺影在地。」（〈小鑪峰三瀑記〉）。
其餘若溪石雲瀑、山崖澗泉，美不勝收者，不可殫敘。

在敘事方面，如前涉溪之險，或寫娛遊之樂，雖輕描淡寫，而情景融一，
所謂：「至峽得一瀑……流乳成池，四顧巖壁，本根翠色欲滴，眾客青蓑白帢，
浮杯乳上，舉酒酬水，遺殽核其中，樵童牧豎，觀以為異。」（同前）

大抵來說，方鳳與謝翱的遊記，風格類似。不但寫景絪麗繽紛，而寫實
中仍帶著無限詩意，然而雖記娛遊之興，所謂「得流泉……以耳枕之，以洗
我悲」（謝翱）——偶而所流露出的悲國情懷，正顯示了其人內心之痛。

二、鄧牧

（一）生平簡介

鄧牧，字牧心，錢塘人，生於宋理宗淳祐七年（1271），卒於元成宗大德
十年（1306），年六十歲。與謝翱、周密等友善；自號九鎖山人，又號三教外
人，宋亡不仕，居大滌山中洞霄宮之超然館，經月不出，世稱文行先生。著
有〈雜文集伯牙琴〉，又與道士孟宗寶合著〈洞霄圖志〉，並行於世。

（二）重要遊記作品

〈超然觀記〉

〈清眞道院記〉

〈清寶遊記〉

〈鑑湖修禊序〉

〈西湖修禊序〉

〈陶山游記〉

〈自陶山游雲門〉

（三）作品特色

鄧牧嗜山水，往來群山大壑中，宋亡之後，客居大滌山，對於山水情懷，

除了遊觀外，依然有一分亡國後，無以爲家的飄泊感，於是將人生無常的體驗與轉而追求虛靜的心境，發諸山水中。因此他的山水游記：

　　1. 充滿了道家無常的哲理：所謂「物無常主，忽其易人，還面而思，夢邪覺邪？」（〈永慶院記〉），無論對宇宙或人生，似乎都有此種意味，〈沖天觀記〉說：「天地者，萬物所同有也……計萬物之在天地間，隨世隨化，乃如劍首一訣……足以久居乎哉？然則逆旅之舍，獨不可以久焉乎？」（〈超然觀記〉）也說：「天地大也，其在虛空中，不過一粟耳……人生於天地，何以異此？……」，而〈鑑湖修禊序〉等篇更表示所謂：「千萬世一一日之積也，千萬人一氣之分也，死死生生於天地間，如閱傳舍，來者不得不往，往者不得不來，……又安知晉人不復爲我輩，我輩不嘗爲晉人乎？……」——由於對人生與自然間，相互無常的領悟，使他每每「十年間，乃五六西，坐席未暖，又翛然而東，白髮垂耳，漫浪湖海無寧居」（〈超然觀記〉）——此種飄泊湖海的心境，實不只來自於本身的個性使然，乃來自於家破國亡的苦痛；其與魏晉唐代遊於山水，是有天壤之別的。

　　2. 情景交融，幽澹而有餘味：鄧牧〈雪竇山游誌〉諸篇，主要在記遊，其中描述所遊歷的山川泉瀑之美，雖然不乏精巧的儷語，然而大體說來，往往帶有幽淡無心的韻味，彷彿前眼美景都是無意中的偶得，例如：「田家隱翳竹樹，樵童牧豎相徵逐，眞行圖畫中；欲問所歷名，則輿夫朴野，不深吳語……」、「花粉逆風，起爲黃塵，留衣襟不去……」或者：「周覽諸山……遠者晴嵐上浮，若處子，光豔溢出眉宇，未必有意，自然動人……」（以上見於〈雪竇游記〉。又，〈陶山游記〉說：「林巒拱挹，澗壑縈帶，幽者遠籟，不知所從來……」，〈自陶山游雲門〉所謂：「明日癸卯，復由集仙橋出，回顧林巒，依依若有情者……」等等，清淡中有餘味，與他在山水中所得的哲理一樣。

　　鄧牧的許多遊記，都是晚年寓居大滌山所作，他的心境可以代表一般南宋遺民遁入山林的景況——亦即在名山大壑中，欲尋求生命不息（實則乃寄於山河再復）的廣濶原理，以自我慰勉、自求解脫；然而時代之隱痛，卻難以瀰蓋；此種山水情懷，既不同於中唐以前的出世個人主義思想，甚至與北宋以來，講求氣韻的感性審美觀也不同。

第四節　結論——兩宋山水遊記發展的特色

兩宋山水遊記發展，已略述如上。實則宋代山水遊記的作家與作品，尚有遺珠，如程端明〈遊金華山洞記〉、〈留文溟爛柯山記〉、林一龍〈大若巖記〉、李季貞〈石門洞記〉、〈白玉蟾雲窩記〉、〈止止庵記〉，羅大經〈桂林記〉等（以上見《諸古今圖書集成山川典》），唯作者，及著作年代不詳，難以歸述，然其於寫景諸方面，亦頗有巧思。

宋代山水遊記雖然在注重個性的文藝思潮下，形式、內容等的表現風格，頗多變化，然而從北宋到渡江偏安以及遺民時期的作品，仍有些大致的、共同的胳脈可尋。

北宋作品，可以以古文運動來界分，在西崑體流行的時代，無論寫景敘事，駢言儷語頗多，可以以徐弦為代表；其後由於文人的自覺，儒學運動與載道的文學觀興起，王禹偁、柳開諸人的作品已逐漸散化，而范仲淹、司馬光等人更以政治家的襟懷與氣節，為山水遊記注入了先憂後樂、關懷民生的儒家倫理思想，以及樂山樂水的道德哲學。此後，儒家精神便一直存於宋代山水遊記中。以歐陽脩為首的古文運動開展後，散文勃興，山水遊記也迅速發展，同時儒學滲入禪宗思想，在講求明心見性與思辨反省的影響下，出現了哲學味濃且議論縱橫的山水遊記；此期作家，殆以古文家為主。

北宋文壇雖然瀰漫了說理的知性氣氛，然而另一方面卻也因精緻文化的高度發展，對於文學藝術的審美原則有深切的體認，使得氣韻與意境成為美的批評標準，於是偏重文統觀的文人——如蘇軾、黃庭堅、秦觀等，作品多充滿了飄逸出塵的韻味，尤其是蘇軾，往往泛舟夜遊，置身清風明月中，領會宇宙的靜密與人生哲理，充分表現了浪漫的情懷，不僅在藝術上與文人畫風格相輝映，更啟發了晚明性靈小品的精神境界。然而終宋之際，此類作品並不多見。

至於完全偏重說理的道學家們，如周敦頤、二程等人，由於抱持著「文辭，藝也；道德，實也；篤其實而藝者書之。」、「不知務道德，而第以文辭為能者，藝焉而已」的態度，在山水文學方面，幾乎無所創作。直到南宋朱熹、張栻、呂祖謙等人，才有較多且佳的作品。

此外，在描寫景物方面，宋代書院的精緻、寫實作風，在北宋山水遊記上，已漸顯露，如蔡襄、張舜民、鄭志道，王廷圭等人的作品。形式方面，張舜民的《彬行錄》已開了長篇日記體遊記的先峰。內容題材方面，也由登覽亭樓、抒發哲理與抱負的遊記，逐漸轉為以遊山玩水為主的記遊遊記。

大致來說，北宋山水遊記的主要特色是：

1. 形式上多屬於單篇雜記體，或極短的小品文。
2. 充滿社會關懷與人生理想的儒家色彩。
3. 哲理意味濃厚，善於議論。
4. 情感表達明顯而激切。
5. 抒情寫景空靈，偏向宋代文人畫的風格。

南宋的山水遊記，雖然承繼北宋而來，然而在形式內容諸方面，已有轉變；影響南宋作品轉變的最大因素，一是動蕩不安的時局，二則南方的地理環境。

南宋偏安江南後，時局仍動蕩不安，加以川陝一帶仍須安撫，於是士大夫或出使，或因職遠行的極多。紹興乙未〔註4〕，有鄭剛中除川陝宣撫史所作的《西征道里記》。乾道五年，有樓鑰《北使金朝》所載的《北行日錄》，以及陸游出夔州通判所記的《入蜀記》。乾道六年，有范成大被命以起居郎使金的《攬轡錄》。乾道八年，范成大任知靜江府，赴帥桂林，復有《驂鸞錄》，而淳熙四年，范成大自蜀帥師還吳，則有《吳船錄》等，這些紀行之作，或旅經江川美景，或行歷北地風光，或西入內地，所見不同，所載也自有異，其中以陸游《入蜀記》與范成大《吳船錄》，寫景最精致且工麗，鄭剛中、樓鑰之記則近於備忘錄；然而，這些長篇鉅製的日記遊記，實為南宋以前所少見的，也使得中國山水遊記在時間、空間或內容、規模上，擴展不少，可以說是遊記文學的一大成就與貢獻。

當然，南方地理環境的影響也是很大的。我國東南山勢奇秀，水從西北而來，漱濯山岩，造成峰壁峭奇，泉瀑飛灑的繁麗景象，與北方渾厚迤邐，拔萃於四野的山峰，氣象不同；這些現象造成的結果：一則使文人寫景趨於精緻、寫實；二則峰巒獨特的景象，屢成為仙道佛繹者隱居之處，因之，產生了許多仙道傳聞，增加了山水遊記的傳奇性與濃厚的仙道意味。正如郭熙《林泉高致・山水訓》說：

> 嵩山多好溪，華山多好峰，衡山多好別岫……天台、武夷、廬、霍、雁、蕩……武當，皆天下名山巨鎮，天地寶藏所出，仙聖窟宅所隱，奇崛神秀，莫可窮其要妙。

〔註4〕據其原序載為「紹興乙未」，按：紹興九年為己未年，淳熙二年為乙未年，乙當為己之誤。

——除了陸游、范成大的蜀山風光外，周必大的〈遊茅山記〉、〈九華山錄〉、〈廬山前後錄〉、樓鑰的〈雪竇山錦鏡記〉，以及王柏、方鳳、謝翺、鄧牧等人的作品，皆頗能代表此種風味。

因此，南宋山水遊記比較北宋，最大的差異是：

1. 形式上由單篇散文的雜記及小品文，轉向較長、連續而有系統的日記體遊記。

2. 遊記規模、範圍擴大，注重敘事、寫景，並富於宋代寫實主義精緻的風格及生動的小說筆法。

3. 富於仙道傳奇色彩及地方風味。

4. 哲理議論仍在，然而情感的表達趨於含蓄、幽淡。

總之，由北宋到南宋，過眼雲煙中，文人們由高談理想的激情中收歛了，將故國的懷思，借著精麗的文筆，具體的表現在南國山河上，他們仔細的描寫、細心的觀察，似乎要借著土地，彌補對故國的情思，即使左有意無意間，透露一點激情與理想，也總是匆匆一筆帶過；他們甚至借莊子高度形上的宇宙哲理，來安慰自己，去接受天地無常的本然道理，所謂故土雖亡，而精神的占有與隸屬則恆遠存在的哲理，這正是宋代文人，對於山河的依戀，也正是自范仲淹以來所培養的，文人對於國家的情操，與士大夫不屈的精神。

第五章　宋代山水遊記的題材與內容探析

　　山水遊記經宋代文人有意、無意的創作與努力，到了南宋末年，已相當可觀。一般以為山水遊記大放異采的時期在明代，然而，類似徐宏祖的遊記或晚明性靈小品的風格，實在很難完全從唐代元結、柳宗元等人的作品中，看出端倪──其間的發展與變化關鍵，可以說完全在宋代。從上一章山水遊記在宋代的發展，我們可以看出山水遊記在主題、內容題材、乃甚形式結構、修辭風格、寫作技巧各方面的拓展成就。現在，再就其題材與內容，作詳細的分析探究，以更能了解宋代整個山水遊記發展中的橋梁地位。

第一節　宋代山水遊記的題材分析

　　山水遊記的取材對象與類別的多寡，雖然是配合各時代的特殊境環、背景及風格所致，另一方面也反映了文人對周遭環境的觀察力，以及情感的投注方向，甚至反映了對宇宙人生的體驗；宋人在這一方面的表現，更有其獨到之表現。

　　根據今日所見，宋人的遊記題材，大致可歸納如下：

一、自然地理方面

　　（一）有關天象：日、月、星、雲、霞、虹、霜、雪等，以及日夜、四
　　　　　　　季的變化。

（二）有關地理：山、巖、峰巒、川流、岩洞、丘壑、溪澗、泉瀑、湖潭……等。

（三）有關動物：以猿、鹿、雁、鶴、鷗、鷺、鵝、蝶及魚類為普遍。

（四）有關植物：若梅、蘭、蓮、荷、海棠、芙蓉、蘆草等，以及桃、李、柏、松、竹、荔枝……等。

一般而言，地理現象及產物，往往是山水遊記的首要題材，從遠古開始，人們即對宇宙自然懷有崇高的敬意，而山水文學的興起，原本是起於對大自然的讚頌與嚮往，進而加以描繪與投入。《文心雕龍·原道篇》說：

> 夫玄黃色雜，方圓體分，日月疊璧，以垂麗天之象，山川煥綺，以鋪理地之形，此蓋文之道也。……傍及萬品，動植皆文……龍鳳以藻繪呈瑞，虎豹以炳蔚凝姿；雲霞雕色，有踰畫工之妙；草木賁華，無待錦匠之奇；……至於林籟結響，調如竽瑟；泉石激韻，和若球鍠；故形立則章成矣，聲發則文生矣。

自然界的繽紛與變化，給予文人太多的流連與啟發，對於精緻、寫實藝術著稱的宋人來說，自然界的景物更是模仿的對象。從山水畫到山水遊記，便是最直接的表現。例如描寫天象方面：

> 久之，星斗漸稀，東望如平地，天際已明，其下則暗，又久之，明處有山數峰，如臥牛車蓋之狀，星斗蓋不見，其下尚暗，初意日當自明處出，又久之，自大暗中日輪湧出，正紅色，騰起數十丈，半至明處，卻半有光，全至明處，卻全有光，其下亦尚暗，日漸高漸變色度，五鼓三、四點也……（邵伯溫〈泰山錄〉）

此乃描寫日出的景象，又如描述風雪之狀：

> 冒微雪過之，……迂折行三峽中，兩旁壁立，溪水貫其下，多灘瀨，遵溪而行，峻屬悍激，與雪相亂，山木攬天，每聞谷中號聲，風輒自上下，雪橫至擊面，僕夫卻立，幾不得前……（葉夢得〈仙都觀記〉）

無論動態與靜態的景象，都是最佳的文章題材。

描寫地景方面，如：

> 山皆從西北來，積天地奇嶮之氣，磅礴糾鬱，或峭眾激為芒、為角、為高峻；或怒目決為蟑、為龕、為大竅，而其潰散不可收拾者，又復洩為飛瀑，辛為詭石，吞吐變現，感遇凝射，千態萬狀，莫可名數。（林一龍〈大若嚴記〉）

入丁家洲，復行大江，自離當塗，風日清美，波平如席，白雲青嶂，
相遠映帶，終日如行圖畫。（陸游《入蜀記》）——

至於動、植物方面的描寫，如：

柏梅根港，巨魚數十，色蒼白，大如黃犢，出沒水中，每出，水輒
激起，沸白成浪，真壯觀也。……又有水禽雙浮江中，色白類鵝而
大，楚人謂之天鵝，飛騫絕高，……（陸游《入蜀記》）

草木之異，有如八仙而深紫，有如牽牛而大數倍，有如蓼而淺青，……
（范成大《吳船錄》）

種梅百本，與喬松脩篁為歲寒友，傲兀冰雪，幹旋陽和，疏影弄波，
澹香浮月；至若春芳敷腴，爭紅競紫，則已飄然謝事，如姬公明農，
疏傅辭祿，邈不可攀，纍纍青子，可以升廟廊，調鼎鼐，下視桃李
輩，直輿臺耳……（林景熙《五雲梅舍記》）

宋人山水小品，尤以大象與地理的描繪，佔所有山水遊記的主要部份，無論
是與精緻的寫實主義藝術畫風相結合，或是與表現竟境的文人畫風相結合，
二者都是最佳的抒情對象。

其次對於花草樹木的描寫，不僅是自然地理之一，與宋人喜愛蒔花、品
花的風氣有關〔註 1〕，山水遊記難聯以詠物為主，然而以細膩為勝的寫實主義
審美觀，對於花草樹木的觀察，卻極入微。同時山水繽紛多變的視覺經驗，
更須春花秋月、夏雲東雪來點綴與陪襯，方得曲盡其美。至於追求格高韻勝
的意境，提昇生活的審美觀，亦特別喜愛以植物來作象徵，如欣賞梅、蘭、
蓮荷與松竹的氣韻，而有移情作用，點示花木的精神與人格品性相結合。例
如范成大〈梅譜後序〉讚美梅花的氣韻說：「梅以以韻勝、以格高，故以橫斜
疏瘦，與老枝怪奇者貴。」而前述林景熙〈五雲梅舍記〉中，亦以梅比姬公，
所謂「傲兀冰雪」、「可以升廟堂、謂鼎鼐」，則梅花之氣節，正與宋代文人的
士節相輝映。至於蘭花、黃庭堅〈書幽亭〉，以之比為一國之貴，譽為「國香」。
他如荷花是月夜的寵物，芙蓉、荷芰則為江南的湖上風光，皆各有所勝。

〔註 1〕 觀今宋人著述，論梅、論竹、論牡丹……等極夥，有關於植物的記錄亦頗多，如：
《園林草木疏一卷》（王方慶）、《荔枝一卷》（蔡襄）、《洛陽花木記一卷》（周敘））、
《花經》（張翊）、《桂海花志》（范成大）、《桂海草木志》（范成大）、《海棠譜三
卷》（陳思），《洛陽牡丹記》（歐陽脩）、《天彭牡丹記》（陸游）、《梅苑十卷》（黃
大輿）、《梅譜一卷》（范成大）、《菊譜一卷》（劉蒙）、《王氏蘭譜一卷》（王學貴）……
等等，參見現存《宋人著述目錄》、《叢書子目類編》等記載。

在自然地理中，以動物的描述較少；其中除了禽鳥為山林之清音，鰷魚為溪潭湖澗之使者外，餘皆少見。

二、人文地理方面

（一）有關建築：樓、閣、台、園、館、齋、堂、橋、池、寺、觀、殿、廟等。

（二）有關器用：船籃、灯花等。

（三）其它：茶、酒、碑帖，墨跡以及史聞傳奇、土風物產、風土人情等文化產物。

人文地理方面，以建築物為主要對象。北宋時代，尤以亭台樓閣的描述為盛；一方面亭台樓閣往往突立於山水中，可以登高望遠，正符合宋人高潔淡遠的欣賞趣味；同時宋代知識分子，多富於凝鍊沈潛的氣質，登樓賞景，正好成了他們理性思考或抒讜抱負的憑藉；前者例如胡宿慶曆三年三月〈題湖州余山寧化寺弄雲亭〉：

> 亭之妙處，予能言之，下山當其西，如蒼龍蟠據，勢欲奮挺，太湖在其北，若元氣磅薄，浩無津涯，洞庭林屋，綠毛縹渺，諸峰了了在目，遠帆參差，飛鳥凌亂，溪雲往還，野艇出入，百色映見，如在鑑中，此北眺之勝最也。；登茲山、憩慈亭，可以無誼無妄，惟真惟靜，境與心俱冥，神與氣俱生。

後者正如王安石〈石門亭記〉所記：

> 夫所以作亭之意，其直好山乎？其亦好遊觀眺望乎？其亦于此間民之疾憂乎？其亦燕間以自休息于此乎？

宋代社會經濟繁榮，建築事業發達，與宋人喜愛園林庭院的經營，有極大關係，所宋代許多著名的樓台建築，如岳陽樓、醉翁亭、峴山亭、擬峴台、超然台、放鶴亭……等，固不待言，而園林如金明園、真州東園、靈壁張氏亭園、洛陽李氏園池、蕪園、盤園、南園……等，皆成文人遊觀、寫作的對象。至於廟宇觀殿的興建，與道釋的興衰相表裏，唐宋以來，廟觀之盛，前已有述，文人足跡所至，文亦隨之。如：蘇州洞庭山水月禪院、盧山樓賢寺，雁蕩山聖壽白岩院、雲門聖壽院等，皆是名著寺院。因此，宋代山水遊記中，屢見寺廟觀院，而對於寺廟的描繪，不但雕龍畫棟，且充滿凌雲幽隱之氣，與佛道儒學相結合。如吳詠〈徑山禪寺重建記〉所載：

越三年考成。曰堂、曰殿、曰門、曰廊、曰樓觀，棲閣之廬，齋庖
之所，庫庾井廄，靡不畢具。最是龍游閣，居翠峰之頂，畫拱璇題，
承雲納日，而盧檐外曰凌霄之閣，天空宇迴，若與灝氣者游，循而
下曰寶殿、曰賓所、曰霹澤殿、曰妙莊嚴閣，不但飛來湧出，而宸
奎、麗書、寶鎮，此山實振古所未有。

宋至渡江以來，文人隱於江南名山峻嶺中，更不知有多少寺廟觀宇，也建立
於雲山澗水中。由於寺廟觀宇所帶來的仙道氣息，配合江南的奇山異水，使
得傳聞史蹟，成為遊記中必備的題材。甚至只要有寺宇，即有傳奇，為遊記
文學帶來了更多的趣味，也開拓了遊記文學的領域。此外，江南一帶湖田風
光與豐富的物產，以及有峽蜀地的奇特景象風俗，更為文人所樂道，陸游的
《入蜀記》與范成大的《吳船錄》，便記錄下不少此類題材。

　　至於其它器用、碑帖、墨跡等文化藝術的成就，對於喜好考古，而熱衷
藝術的宋代文人來說，同樣具有吸引力，於是在遊山玩水之際，不忘尋訪古
蹟。例如謝絳〈遊嵩山寄梅殿丞書〉中有曰：「翌日，過緱氏，閱遊嵩詩碑，
碑甚大，字尚未鐫上，……憩三醉石，遍訪墨跡……」，王安石〈遊褒禪山記〉
亦提到「距洞百餘步，有碑仆道，其文漫滅，……」。不但如此，他們甚至以
敏銳的思考與求真的精神，加以辨證碑石之真偽，例如陸游《入蜀記·卷四》，
便對於頭陀寺殿中所藏，南齊王簡樓碑的始末，及其文學上的價值，加以考
據說明。此種現象，則與宋代書法的流行與成就，有很大關係。

　　此外，宋人對於茶、酒的品賞已成風尚。宋人對於茶，除了研究茶品
與水質外，更講求品茗的樂趣；而茶本種於山間，水則來至澗泉溪流，因
此，論茶經與水經，也成了山水遊記的特殊題材。歐陽脩的〈浮槎山水記〉，
幾乎全篇都在論水；晶厚〈載惠山泉記〉，載其泉源之勝，所謂：「若井投
黑錫於其中，久而得甘查梅橙李和鉛霜，食之則甘。」泉水之神妙如此！
而蔡襄〈記徑山之遊〉云：「松下石滑激泉成沸，甘白可愛，即之著茶；凡
茶出於北苑，第品之無上者，最難其水，而此宜之。」在山崖澗泉之畔，
波泉品茗，比之飲酒，更具有山林之雅趣，無怪乎茶成了宋人生活中，不
可或缺的韻事。

　　（三）結論
　　以上由宋代山水遊記的題材中，可以反映出宋人豐富的生活情趣，以及
山水遊記在題材上，因社會文化，各種現象的變遷與發展，逐漸由單純的摹

寫自然地理，轉而向複雜的人文地理，以及自然地理與人文地理的綜合描述，顯現了人文的成就與影響，代表了宋人在人文思想上的提昇，將人文思想融入山水遊記中，邁向「綜合文學」的開拓，使山水文學多一層意義。

第二節　宋代山水遊記的內容探析

由人文地理與自然地理交織而成的遊記題材，使宋代山水遊記的內容變的豐富生動而有趣。大致來說，兩宋山水遊記，分「記土功」「旅遊」兩大類。在記土功方面，主要是由於政治上的教化作用，以及社會文化的進展，山林的逐次開發，使得建築業特別發達；而建築不但本身優美，且多位於風景區，因此，兩宋遊記中，因載土功而兼寫景記遊，或借土功而記遊的，幾乎殆半。以北宋來說，多記亭台樓閣的修建，而南宋則以寺廟的興革為多；興建的人事與目的不同，遊記內容也有相當的差異。如樓閣亭台多為地方官吏的政治措施，且含有寓教於樂的目的；寺廟觀宇則多為釋道修身傳教之所在。前者較簡淡，而以意境為尚；後者文詞絢麗，而以精緻為工。同時，前者多議論寄興之辭，後者多史聞傳奇之說；然而，二者對於山水遊記的啓發與創作，皆有獨到之處。

至於「遊記」；原本即是山水遊記的當然因素，然而北宋初期，由於駢文興盛，多以詩賦為之，純粹記旅遊的散文遊記並不多。惟柳開有《遊天平山記》，敘述天平山五日之遊；謝絳則有《遊嵩山寄梅殿丞書》、蘇舜卿有《遊蘇州洞庭山水月禪院記》、蔡襄有《記徑山之游》以及王安石有《游褒禪山記》等篇。此後，因散文運動的日益普遍，散文遊記才日益增多，從北宋的單篇遊記，蘇軾、黃庭堅等人的小品遊記，到南宋陸游、范成大等人的長篇遊記，如雨後春筍，紛紛繼起；至此，旅遊的遊記已成為山水遊記的主題。

綜合記土功與旅遊的遊記因素，山水遊記的內容大抵可包括下列數項：（一）記日期、里程與從遊者。（二）描寫景物。（三）抒情或寄寓。（四）說理與議論。（五）描述風土人情與物產。（六）記載史聞傳奇。（七）記載土功的興革。以下即分別群例說明之。

（一）記日期、里程與從遊者

遊記是一種寫實的散文，寫人敘景應當真實地反映生活和自然的現實面貌，日期、里程與從遊者便是最具體的一項記錄。首先日期的記錄，更為必

要條件；尤其是日記體的遊記，記載更周密。此外，作者對於所到之處的地理位置、遠近距離，以及行程，通常都有準確的記述。尤其是大規模範圍的旅遊時，敘述愈為詳細。至於從遊者，非數人同行，否則多不載。

如王質《遊東林山水記》，首記日期：「紹興二十八年，八月三日欲夕。」次載行程：「步自闌闠中出，並溪南行百步，背溪而西，又百步，復並溪南行……溪末窮得支徑，西升上數百尺……」末云：「同行姚貴聰、沈虞卿、周輔及余四人……」——這可說是最完整的典型遊記。

日記體遊記，以陸游《入蜀記》為例，首先標明日期原因：「乾道五年十二月六日，得報差通判夔州。」以下逐日記行：「六年閏五月十八日，晚行，……十九日黎明，至柯橋館……二十日黎明，渡江……二十一日，省三兄，二十二日至二十四日，皆留兄家。」甚至無事，也將日期記下，如：「二十七日。二十八日，同仲高出闉門……。二十九日，沈持要檢正樞招飲。……三十日。六月一日早，移舟出閘。」這裏「二十七日」與「三十日」，皆僅標日而未敘事，可見作者對於日期的重視。

東坡的小品遊記，則記載方式變化較多，如《記遊松江》，首言：「吾昔自杭移高密，與楊元素同舟，而陳令群、張子野皆從余。過李公，擇於湖，遂與劉孝叔俱至松江。」人物依敘而出。其末云：「元豐四年十二月十二日，黃州臨皐亭夜坐書。」標明日期並寫作地點。又如《題膚州清遠峽山寺》，則事「軾與幼子過，同遊峽山。」始，以「紹聖元年九月十三日」終。

一般遊記，日期與同遊者多半置於文章之首尾，而里程自然是夾於文中；甚至有全篇僅述里程行踪的，如錢伯言《遊泰嶽祠記》：「……獨登瑞雲亭，早飯於行館，遂同令庠丞呂光，問祠宮曹欽承，萊蕪令韓傳，謁岱獄，觀留連池，上復自金母洞，過青帝觀，觀丈僖丞相遺刻，遂游白龍潭；……相與策杖散步，還過雞籠啼，……視禪壇，訪遺跡，晚入乾元觀，小飯翠陰亭而歸。」

（二）描寫景物

景物的描寫，是遊記文章內容的最大特色，因為遊記的寫作目的，並不單純是為了要告訴人們，作者在什麼時候，到過些什麼地方而已，而是為了要把作者自己的經歷、觀覽情景，映現於讀者面前，使讀者彷彿親臨其境，而獲得美的感受。因此，景物的摹寫，是遊記中必不可缺的部分，關於詳細內容，將於下章「修辭技巧」中，予以介紹，此不贅言。

（三）抒情或寄寓

文學本著重於「我」的存在，因景抒情與借景寄寓，往往是一種間接表達情感的方式，對於山水遊記來說，可稱得上是整篇內容的靈魂，寫遊記而不能使讀者觸摸到作者情感的躍動、對自然美的評價，以及生活情趣與價值觀，則無異於地理志了。因此，文人總是或多或少，或隱或顯的將情感融於景物中，所謂寫景的至乘「有我之境而物我合一」便是此意。如《東坡志林小品》，便是佳作。其中《記遊松風亭》說：

> 余嘗寓居惠州嘉祐寺，縱步松風亭下，足力疲乏，思欲就林止息，望亭宇尚在木末，意謂是如何得到？良久，忽曰：此間有什麼歇不得處？由是如挂鈎之魚，忽得解脫，若人悟此，雖兵陣相接，鼓聲如雷，進則死敵，退則死法，當什麼時也，不妨熟歇。

如此因登山而思及現實人生，可以想見東坡彼時遭貶，而急欲尋求自我之安慰與解脫之道了。又若：

> 寒山千里，松竹萬象，景與目共……爲是遊者將抗懷遠覽，飄飄凌雲，必有博扶搖九萬里、踵前人遐轍。（周莊括〈蒼山最高軒記〉）

又如：

> 晝臥舟中、仰望五老、香爐諸峰，巉然倚天，雲烟出沒，頃刻萬態，欣然樂之，自謂他日裏糧以償夙願，不難耳！（李綱〈送陳淵幾叟遊山序〉）

則因景縱情，意趣自生。然而因景抒情或借景寄寓，有時甚難釐清，若東坡〈記承天夜遊〉云：

> 遂至承天寺：相與步於中庭，庭下如積水空明，水中藻荇交橫，蓋竹柏影也。何夜無月？何處無竹柏？但少閒人如吾兩人耳。

其抒情意寓所在，亦唯有作者自知了。

（四）因山水而說理與議論

山水遊記本不在於論理，宋代學術思潮的蓬勃，佛學的興盛，文人不知不覺，便將議論帶入遊記，或直接見景興議，或間接因感抒論，甚至追溯史事，而加以辯證史實，以及以科學的精神，澄清傳聞，作翻案反駁之議，皆極精采可讀。同時因思想的成熟，與散文寫作技巧的提昇，竟然使柔性的山水與剛性的議理，如羚羊掛角，融合無跡。

關於明道論理之文，前章已有所述，至於辯證史實之說，則如嘉定四年（1211）孫枝〈東山記〉中，所考辯李白事跡說：

> 主僧肅入丈堂……其室故幽暗……惟有堂曰明月，有軒曰白雲，余因曰：此二區與山椒亭名，得非誤認陳軒《金陵集》所載〈憶東山絕句〉——真為李謫仙所作耶！謫仙出岷峨，下漢沔，西歷邠汾……皆嘗築室。老于三江七澤，兩入吳會，以觀海岱，胸中勝概，可謂充足，惟于剡中之役，終身口之不置……而此不存必軒，託其名，以寫金陵崇禮鄉。文靖植花木土山之景，非是山也。戚榮諸晉書言：「文靖遊賞，必以妓女從。」《本傳》載之，旣登台輔，營墅土山，與中外子姪遊集。今《晉書》移之于前，此唐文皇御製之差，而白〈醉過謝公東山詩〉曰：携妓東山去，悽然憶謝公。自此東山携妓遂為口實，不知白酩酊中，誤用土山事耳。

推理、考辯之精詳，實不亞於一般考據之學，可見宋人不苟的生活態度，而澄清傳聞，作翻案文章最佳者，莫過於東坡〈石鐘山記〉：

> 水經云：彭蠡之口，有石鐘山焉。酈元以為下臨深潭，微風鼓浪，水石相博，聲如洪鐘，是說也，人常疑之。……唐李渤始訪其遺蹤，得雙石於潭上，扣而聆之，南聲函胡，北聲清越，抱止響騰，餘韻徐歇，自以為得之矣。然是說也，余尤疑之。……元豐七年……至莫夜月明，獨與邁乘舟至絕壁下，……舟迴至兩山間，將入港口，有大石當中流，可坐百人，空中而多竅，與風水相吞吐，有窾坎鏜鞳之聲，與向之噌吰者相應，如樂作焉。因笑謂邁曰：汝識之乎？……古人之不余欺也。事不自見耳聞，而臆斷其有無可乎？酈元之所見聞，殆與余同，而言之不詳；士大夫終不肯以小舟夜泊絕壁之下，故莫能見。

如此，以親身體驗，證辯真理，無怪乎要直而氣壯，極具說服力了。

前述議論，佔宋代山水遊記內容比例相當高，而造成了宋代山水遊記議論縱橫，以及夾敘的特色。

（五）描述風土人情及物產

風土人情與物產，是介於自然與人文之間的特殊景象，宋代山水遊記，尤其是南宋時期，由於環境的變遷，以及旅遊規模的擴大，時間的增長，使得風土產物也隨所見之異，而遞換變化；因此，類似《人蜀記》、《吳船錄》

等的長篇日記體遊記，往往便成了內容上的一大重點。例如《入蜀記》中所載：

> ……王言京口人用七月六日爲七夕，蓋南唐重七夕，而常以帝子鎭京口，六日輒先乞巧，翌日，馳入健康赴內燕，故至今爲俗云。

> 甲夜，有大燈毬數百，自謐浦蔽江而下，至江面廣處，分散漸遠，赫然如繁星麗天，土人云：此乃一家放五百椀以袂災祈福，蓋以鄉舊俗云。（卷三）

> 泊劉官磯旁，芳州界也……有陂湖渺然，蓬茇甚富，沿湖多木芙蕖，數家夕陽中，蘆藩旁舍，……有大梨，欲買之，不可得，湖中小船采菱，呼之亦不應。（卷四）

江南風光習俗，已入於眼簾。至於：

> 倒檣竿，立艫牀，蓋上峽惟用艫及百丈，不復張帆矣。百丈以巨竹四破爲之，大如人臂，予所乘千六百解舟，凡用艫六枝，百丈兩車。（卷五）

> 泊桂林灣，全證兩僧陸行來云。沿路民居，大抵多四方人，土著財十一也。舟人殺豬十餘口祭神，謂之開頭。（卷五）

此則已至長江中下游，所見皆粵桂風俗了。

陸游《入蜀記》從長江下游溯至上游，而范成大的《吳船錄》則至上游成都，直下下游平江，其中對於蜀地及三峽的風俗習慣，尤有重要的描述，如：

> 再度繩橋，每橋長二十丈，分爲五架，橋之廣十二繩，排連之上，布竹笆，攢立大木數十於江沙中，輂石固其根，每數十木作一架，桂橋於半空，大風過之，掀群幡然大略，如魚人曬網，染家晾綵帛之狀，又須捨輿疾步，從容則震掉不可立，同行皆失色。（卷上）

> 符文出布，村婦聚觀於道，皆行而績麻，無索手者，民皆東艾蒿於門，燃之發煙，意者薰祓穢氣以爲候迎之禮。（卷上）

> ……大抵自西川至東川，風土已不同；恭爲州乃在一大盤石上，盛夏無水，土氣熱如爐炭燔灼，山水皆有瘴，而水氣尤毒，人喜生瘿。（卷上）

此外，若鄭剛中《西征道里記》、范成大《攬轡錄》、《驂鸞錄》、樓鑰《北行

日錄》等，對於風土產物，亦頗多描述，其中以《攬轡錄》與《北行日錄》，是爲使金之作，對於胡人習性生活及其地漢人生活，記載頗多。如《攬轡錄》載胡婦衣著：「衣金鏤，鵝紅大袖袍，金鏤紫勒帛褰。」(《北行日錄》)載胡地生活：「物有定價，責付行人，盡取見，錢分附眾軍，以北，歲歲如此……故河南之民貧甚。」「又有萬福包待制之語，承應人各與少香茶紅果子，或跪或喏，跪者胡禮，喏者尤是中原禮數，語音亦有微帶燕音者，尤使人傷歎。」

　　由於記載風俗的豐富，使得這些遊記有很高的史志價值，清人盧襄跋《石湖三錄》說：「凡山川、風俗、物產、古跡，與所遊從論述，可喜可感，筆占記，事核詞雅，實具史法。」

　　遊記中兼述風土，雖可使內容豐富，然而若吳自牧〈岳陽風土記〉等，純以載風土爲旨，則失遊記之意，而入於史志輿地之學了。

（六）記載史聞傳奇

　　史聞傳記也是山水遊記的附帶產物，一則山川秀麗，變化多端，容易予人心生幻覺；一則古蹟名勝，往往使人觸發物是人非，甚至人、物皆非的思古幽情，因而追溯前事，或記述傳聞，成了山水遊記的一大內容。

　　史聞傳奇的流行，歷時愈久，愈爲曲折可觀，到了南宋後期的山水遊記，不但所佔比例愈重，且描述愈爲詳盡。其中除了故事性濃厚外，亦頗饒趣味，例如馬純〈倚箔山錄〉中，記述深潭龍吟的傳奇與遭遇說：

> 時有張道人居洞前……初無所見，又一僧，極山野，衫衣藍縷，與張同處，亦已數月，……張云：凡潭水微動，須臾，有雲生于水上，稍出洞去，即山下必雨；雨止，雲乃復，山有龍復歸。數日前，僧坐椅誦《法華經》于案，忽潭水動，但以爲雨候，俄一白蛇出水中，其大如梁，由僧之前右繞盤于左，其高如椅，僧張皇恐怖入室，閉關潛窺間，僧無如之何，乃屬聲曰：龍王之出，必欲聞經，老僧爲龍王講此一品。既終，回施甫畢，蛇由舊逕右繞入潭中。……張又云：嘗遍走此諸山中，有洞穴數十，皆不知名，往往有人骨積于旁。一日至洞中，行數十步，覺地軟，捫之，乃知行大蛇背上，急奔走而出。

經歷之奇，令人歎絕！又如方鳳〈金華遊錄〉載臥羊山遇仙傳奇說：

> 臥羊山，即皇初平叱石成羊處也。道士五年元台、謝天與款宿謁沖應養素二真祠，二真初起、初平，兄弟也，松下有遇仙石，坐其上。

> 相傳往年唐公李度有目眚，寓觀中，嘗憩茲石，遇二仙，問故，採
> 草拂其目，遂明，且祝曰：後十八年當相見彬中。及唐登第，授彬
> 教，有二道士過之，唐不知省，道人曰：子亦記松上治眼時語乎？
> 既而邀之，不知所適，方知爲二仙。

此外，若委羽山、劉阮洞、仙都觀、廬山、金精山、武夷山等，無不充滿仙道傳奇色彩。而宋代正值小說傳奇興盛之時，則遊記之相互影響，遂有了小說化的趨向，這也是極自然的現象，清代《老殘遊記》、借遊山水，實爲小說，則亦其來有自了。

至於追思史事，則多偏於：一爲昔日文人雅事，二爲事功，至於磯口重地，則多戰蹟之聞。前者多表達嚮往之意，後者往往與土功之興革結合，至於戰史之聞，則多渡江之際的衛國之戰，以遊長江之記爲多，愛國文人陸游的《入蜀記》，即頗多此載。

（七）記載土功的興革

前述宋人作遊記的兩大原因：一爲旅遊而記，一爲土功而敘遊。因此，遊記中載土功興革，亦在所難免，惟記載有詳略之別，然而若通篇土功，則反客爲主，不得謂之遊記矣。遊記中載土功者，若梅聖喻〈覽翠亭記〉：

> ……始是太守邵公於後園池旁作亭，春日使州民遊遨，予命之曰「共
> 樂」，其後別乘黃君於靈濟崖上作亭會飲，予命之曰「重梅」，今節
> 度推官李君，亦於廨舍南城頭作亭，以觀山川，以集嘉賓，予命之
> 曰「覽翠」。

或如歐陽脩〈游儵亭記〉：「今吾兄家荊州……方規地爲池，方不數丈，治亭其上，反以爲樂。」甚至如張公亮〈靈巖寺記〉：「即眾堂東，架殿兩層，龜首四出，南響安觀音像，文楣藻拱，頗爲精麗，設簾刻鯨，以警昏曉。後復置殿文兩楹，闢正門，疊石塡澗爲回廊。」

前則以簡略敘事帶過，後則詳述所興，使景、事並融而兼，皆可謂之遊記；至若陸游〈萬卷樓記〉、〈潮州常照院記〉等一類之文，不但景鮮少，亦乏遊思，則難以列入遊記了。

（八）結論

就前所述，宋代遊記內容，雖可總括爲七項；實則每篇遊記的內容，都有所偏向，鮮能俱備。一般來說，有幾種較爲普遍的類型：有的純粹摹景，

如謝翱〈小鐘峰三瀑記〉；有的意在通過摹景，而抒發自己的情感，如東坡〈志林小品〉；有的意在描述遊山探險，而借以闡明一定哲理，如王安石〈遊褒禪山記〉；有的在摹景敘遊中，兼重風俗、傳奇或建築土功的考察，如樓鑰〈雪竇山錦鏡記〉；至於長篇日記體遊記，如《彬行錄》、《入蜀記》、《石湖三錄》、《入越錄》等，則所述內容極為廣泛，凡上述諸項，皆在其中。

　　就一般遊記而內容的定義來說，因旅遊而描述景物、抒發情感的，才是遊記的主流；因土功而敘遊，尤其是偏向說理議論或史聞傳奇的，是為遊記的支流。然而遊記內容發展到宋末、明清，乃至近代，都有偏向夾敘夾議，以及感性、知性兼備的綜合散文，同時人文景觀與自然現象也普遍的交織在一起，使得山水遊記的範圍更加擴大。由此看來，則宋代山水遊記在題材與內容上的拓展，的確為後代山水遊記奠定了深厚的基礎。

第六章 宋代山水遊記的形式結構與修辭技巧

第一節 宋代山水遊記的形式結構

一、形式分析

（一）就體制來說，宋代山水遊記主要可分為下列數種：

1. 雜記體——所謂雜記，曾國藩《經史百雜鈔》列入記載門，即「所以記雜事者，……遊覽山水有記。」，因此，廣義山水雜記，當指所有體式的山水遊記，包括日記、書信、序跋等；而這裏所謂的雜記，要縮小範圍，專指單獨成篇，沒有一定格式與特殊寫作用途的記遊雜感。例如：徐弦〈喬公亭記〉、王禹稱〈竹樓記〉、范仲淹〈岳陽樓記〉、歐陽脩〈醉翁亭記〉……等。此類的山水遊記數量最多，北宋遊記多屬之。

2. 日記體——將自己每日所做、所為、所見、所聞、所感、所想，擇要地記下來，即是日記；因此，日記體的山水遊記，即是每日旅遊所聞見與感受的記錄。它的特點在於：一是思想情感，真實自然的表露。二是文字較一般簡約。三是內容無須顧慮全篇結構。此類日記體遊記直到南宋才大量產生。例如：北宋張舜民〈彬行錄〉、南宋陸游〈入蜀記〉、范成大〈石湖紀行三錄〉、呂祖謙〈入越錄〉……等。

3. 書信體——除了格式外，書信也是極自由的體式。一般書信開頭有稱

呼，其次正文，以及結尾時表致意的祝福語，最後署名及日期。書信行文的特色在於「表達準確，簡明樸實」，例如謝絳〈遊嵩山寄梅殿丞書〉。實則兩宋的書信遊記並不多。

4. 序跋體——序通常是置於詩文之前，有說明本題之用；跋則置於詩文之後，行補充、介紹本題之意。宋人極流行序跋，不僅詩賦文集有序跋，雜記也有序跋。有的是他人代寫，有的則自己著筆；同時由於遊觀山水，必有所作，因之，山水詩文的序跋便產生了，此外，踐別之送序，也往往發生於風景江樓。這些山水序跋以簡約、概括的筆法介紹山水，甚至抒情；行文雖短，而效果極佳，反而造成另一種風格的山水小品遊記。例如：韓琦〈遊天平山記跋〉，秦觀〈懷樂安蔣公唱和詩序〉、李綱〈送陳淵幾叟遊山序〉及〈武夷山賦序〉、王十朋〈遊天衣詩序〉、朱熹〈隱屏精舍自序〉、張栻〈南嶽唱酬序〉……等。而序跋最著名的，莫過於東坡，和他的〈灩澦堆賦序〉、〈蓬萊山詩序〉、〈跋石鐘山記後〉等——在簡約之中，寫景、抒情、敘事，甚至議論皆包含之，文章變化多端且氣勢咄咄，亦如行雲流水，收放自如，實山水小品之傑作。宋代山水序跋尤以北宋為多。

5. 題記體——宋人品題之風亦極盛，不但人物書畫皆有所題，且遊歷所至，亦愛刻石為記；因此每於風景佳處，岩壁碑石中，留下題名。這些題名與序跋同樣具有簡約清新的特色，而往往予後遊者心靈之震盪，引發幽思之情，例如秦觀〈龍井題名記〉，敘夜遊龍卒之情境，東坡因謂：「覽太虛題名，皆予昔時遊行處，閉目思之，了然可數。」於是作〈秦太虛題名記〉一文，以憶昔遊，並「錄以寄太虛」。宋代題名以東坡及山谷最為人所稱，如東坡的〈題廣州清遠峽山寺〉、〈題羅浮〉、〈題白水山〉、〈題嘉祐寺壁〉……等；山谷的〈題鍊光亭〉、〈題固陵寺壁〉、〈題西林寺壁〉、〈題三游洞〉……等；此外沙門洪德亦有所作，如：〈題盧山〉、〈題天池石門〉、〈題浮泥壁〉……皆為佳作；宋代山水題名多集中於此矣。

（二）就篇幅來說，以上五類山水遊記，大致可分為：

1. 單體遊記。單篇遊記主要有兩類：

山水雜記——即前述第一項雜記，而數長於三百字的，同時此類雜記也多半不超過一、二千字。

山水小品——包括前述的書信、序跋、題名，以及三百字以內的短文。如辰〈澹山巖記〉、邵伯溫〈泰山錄〉，陸九淵〈遊龍虎山記〉等文。

2. 日記體遊記。又可分爲：

日篇日記——指篇幅較小的日記遊記，如王安石〈鄞縣經遊記〉。

長篇日記——指連續數卷，甚至可以單獨成書的鉅製，如陸游〈入蜀記〉、范成大〈紀行三錄〉等。它的字數往往超過四、五千字，甚至上萬字。內容繁複，而非一般遊記所能比擬的。

二、結構分析

由於宋代遊記內容、形式上的多端，使得在結構上也呈現多樣性，以下僅就破題法，全文連繫方式及內容佈局，作簡要的分析。〔註1〕

（一）破題法：

1. 時間法——乃先標舉事件發生的時間，以破題始文，然後再點出其它的內容，使人確信遊記的眞實性。同時，以時間法破題，極爲簡便直接，例如：

> 元豐二年，正月己亥，晦。春服既成，從二三子游於泗之上。（蘇軾〈游桓山記〉）
>
> 建中靖國元年，正日，晦。合江令尹白宗愈原道，率江西黃某魯直，挐舟泛安樂谿上。（黃庭堅〈游瀘州合江縣安樂山行記〉）
>
> 紹興二十八年，八月三日，欲夕。步自闌闠中出，並溪南行。（王資〈遊東林山水記〉）

其中以時間法破題最重要的，是爲日記體遊記，如：

> 慶曆七年，十一月丁丑，余自縣出。（王安石〈鄞縣經遊記〉）
>
> 淳熙元年，八月二十八日，自金華與潘叔度爲會稽之游。（呂祖謙〈入越錄〉）
>
> 己丑，歲正月，謝翱皋羽、方鳳韶卿，約遊洞天。等等。（方鳳〈金華遊錄〉）
>
> ——以時間法破題，是爲宋代山水遊記最常見的方式。

2. 空間法——凡爲文時，陳述空間之形勢、題文之位置，而未標明詳確地名者，稱爲空間法。例如：

> 江出西陵，始得平地，其流奔放肆大，南合沅湘，北合漢沔，其勢益張。（蘇轍〈黃州快哉亭記〉）

〔註1〕此處破題法，參見徐芹庭：《文章破題技巧及修辭方法之研究》，成文出版社。

江自岷山而下，歷巴夔湘楚，包吞灛沫，橫漾浯流，沱潛澧沔，耶
金巨川數百演，迤橫放薄于朱。（洪邁〈重建金山佛殿記〉）

江南諸山，盧阜為最北，枕九江、南據星子，奇峰秀嶺，綿互連絡
不可名狀。（李剛〈送陳淵幾叟遊山序〉）

　　如此，先以主題外圍的濶景勢著筆，再縮小範圍，進入正題，不但能使
讀者通盤了解主題的所在，且對於主題有映襯效果。此亦為宋人遊記所喜愛
用的破題法。

　　3. 地名法──地名法亦可謂空間法之一，然而卻是以主題之地名肇交之
端，此法可以說是「開門見山」的敘遊方式，與時間法同樣具有簡便直接的
效果。例如：

襃禪山，亦謂之華山。唐浮圖慧襃始舍於其址，而卒葬之，以故其
後名之曰「襃禪」。（王安石〈遊襃禪山記〉）

黃州定惠院東小山上，有海棠一株，特繁茂，每歲盛開，必攜客置
酒。（蘇軾〈遊定惠院〉）

大若嚴者，即石室也；在永嘉郡南溪小源。（林一龍〈大若嚴記〉）

　　由此可見地名法與空間法之異。以上時間、空間、地名三種破題法，可
說是宋代遊記中，運用最廣，也是一般遊記最普遍的方法。

　　4. 自我法──亦即起筆以自我為中心，闡述自我的經驗、感受、或想法，
而以「我」、「予」、「余」等，第一人稱為開端。此種破題法，尤以序跋類居
多。例如：

予以罪廢無所歸，扁舟南遊，旅於吳中。始僦舍以處。（蘇舜卿〈滄
浪亭記〉）

余自海康適合浦，連日大雨，橋梁大壞，水無津涯。（蘇軾〈記過合
浦〉）

某蒙恩東歸道，出南浦，太守高仲李置酒西山。（黃庭堅〈西山南浦
行記〉）

　　此外，尚有以其名標於文章之始，所謂「自名法」，以為破題，實則亦是
自我法的一種。如：

修既治滁之明年，夏，始飲滁水而甘，問諸滁人，得於州南百步之
近。（歐陽脩〈豐樂亭記〉）

軾與幼子過，同游山寺，徘徊登覽。（蘇軾〈題廣州清遠峽山寺〉）

5. 發議法——前述宋代遊記本來即富有濃厚的議論色彩，因此，有啓文即先發抒己見，遂而進入正題；因借山水覽遊而印證或認同其論，此即發議法。例如

> 人生而靜，性之適也，若乃廟堂之貴，軒晃之盛，君子所以勞心濟物，屈己存教。（徐弦〈毗陵君公南原亭館記〉）

> 凡物皆有可觀，苟有可觀，皆有可樂，非必怪奇瑋麗者也。（蘇軾〈超然台記〉）

> 禹之所治大水七；岷山導江，其一也，江出荊州，合沅湘，合漢沔……其爲汪洋延漫……壯哉！是爲勇者之觀也。（歐陽脩〈遊鯈亭記〉）

> 一人之情，鬱則思舒，局則思放，底滯則思高明、夷曠之適，古之人作圖以遊，築臺以觀，否則之山林而託焉。（韓元吉〈雲風臺記〉）

發議者，或歸納題旨、或溯源史事、或辯言假設、或感興發凡等，以此爲端者，即屬發議法。

6. 引用法——引用古今載籍，或古今聖賢，乃至諸子百家、里諺歌謠之語，以啓發其文，證同其言，是所謂引用法。引用法包括「明引」、「暗引」、「節引」、「意引」、「泛引」等幾種。例如：

> 楚辭曰：「惜吾不及古人之兮，吾誰與玩此芳草。」自詩人比興，皆以芳草嘉卉爲君子美德。——此取〈楚辭二語〉，是爲節引。（劉頒〈泰州玩芳亭記〉）

> 「元豐二年中秋後一日，余自吳興道杭，……明日乃還，高郵秦觀題。」覽太虛題名，皆予昔時遊行處，……（蘇軾〈秦太虛題名記〉）
> ——首段全引秦觀龍井題名記，而借以憶舊感發，是爲明引法。

> 水經云：「彭蠡之口，有石鐘山焉」酈元以爲下臨深潭……。（蘇軾〈石鐘山記〉）
> ——此處僅取水經兩句話，乃爲節引。

7. 人名法——引他人之名以起文，因述及此人與題文之關係；遊記中爲他人所記之文，即常常使用此法。例如：

> 春卿劉侯，監兵于袞之明年，作斯基，修舊亭于園池之廉，名之曰…「待月」。（劉牧〈待月亭記〉）

> 希先昔游公卿間，與鄒至元、曾公袞、蔡子因、吳子野厚居，自江左還南嶽，……余自長沙來館。（洪德〈題白鹿寺壁〉）

> 廣漢張侯敬夫，守荊州之明年，歲豐人和，幕府無事……乃直其南
> 鑿門通道，以臨白河……且為樓觀。（朱熹〈江陵府曲江樓記〉）

8. 溯因法——起筆之初，先敘所遊之地的舊史，或解釋題旨、題意、以點出作文之意，可以說是介於「解釋說明」與「史事」之間的一種破題法，例如：

> 慶曆四年，滕子京謫守巴陵郡，越明年，政通人和……乃重修岳陽
> 樓……屬予作文以記之。（范仲淹〈岳陽樓記〉）

> 栻來往湖湘踰二紀，夢寐衡嶽之勝，亦嘗寄跡其間……乾道丁亥秋，
> 新安朱熹元晦來訪……乃始偕為此遊。（張栻〈遊南嶽唱酬序〉）

> 治平初，南昌范純孝為劍州令，策杖得九姑山，作亭，遂為括蒼遊
> 冠絕……齊州姚公為縣，又新之。（周莊〈括蒼山最高軒記〉）

溯因法用於記土功兼敘遊的，極為普遍。

9. 經驗法——將昔日之經驗，寫入文中，作為破題，謂之經驗法。此法與溯因法常常相互為用。例如：

> 余嘗寓居惠州嘉祐寺，縱步松風下。（蘇軾〈記遊松風亭〉）

> 余家筠溪之上，去城餘百里，兒時聞城中塔成，欲往觀焉……至石
> 龜觀謝三者始余曰……後三十年，過焉，視石龜。（沙門洪德〈題石
> 龜觀壁〉）

> 余十五六時，游烌山，謁準禪師，殘僧三四輩，草屋數椽……後二
> 十五年，余還自海外，過此，而山川增勝，閣樓如幻。（沙門洪德〈題
> 盧山〉）

惟此法除破題外，尚有以往事映襯當今之遊的作用，這是最的的差異處。

10. 比較法——所謂比較法，或就天下萬物加以比較，而擇其較佳最好者，筆之以示於人，或就所居之境為主，而以天下皆莫己若也，使讀者不覺有嚮往之意。又此法常常以層次漸遞出題，自唐末以來，便一直受文人所喜好。例如：

> 定平縣，山不如水，水不如寺，寺不如凝壽。山無名而水有名，寺
> 無不得水山，而凝壽居其勝。（張舜民〈定平凝壽寺塑佛記〉）

> 國於南山之下，……四方之山，莫高於終南，而都邑之麗山者，莫
> 近於扶風。……此陵虛之所為築也。（蘇軾〈凌孟臺記〉）

> 余今所聞湯泉七……余所見鳳翔之駱谷……皆一棄於窮山之中……
> 惟麗山當往來之衝，華堂玉甃，獨為勝絕。（蘇軾〈書遊湯泉詩後〉）

　　除了以上常見的破題法之外，尚有幾種較特殊的破題法，如蘇軾〈灔澦堆賦序〉的「反駁翻案法」，朱處的〈蓬萊閣記〉的「借聞法」等。

　　事實上，所謂破題法，也有許多兩屬的現象，難以截然畫分。大致說來，因旅遊而記遊的，以時、空法破題最多，其次是自我法；因土功而敘遊之記，則變化多端，視作者敘述角度及內容而定；至於借山水發議的，當然以發議法破題的極多。此外，書信序跋題名等特殊文體的破題，除了格式外，與一般遊記無異。

（二）內容結構

　　宋代山水遊記內容豐富，篇幅形式亦多變化，因此在結構上，必須能客觀的配合內容的發展，然而，就整個宋代遊記來看，結構變化雖多，依有方向可尋。

　　首先，一般遊記雖然包含了「遊踪」、「風貌」與「觀感」三部份，然而此三部份卻各有所重，或者交錯並敘，無一定排列次序；同時，由於宋代遊記夾敘夾議的特色，使得內容增加了「議論」與「風土傳聞」等項，因此，在內容布局上，益形複雜，大致說來，約有四種較常見的形式：

1. 呈一段式——亦即將寫景、敘事、抒情，甚至議論等內容，錯綜交雜而敘述。或者僅記遊踪、僅寫風貌等。
2. 呈二段式——多半或分記遊與抒情、或記遊與寫景、或記遊與論理等。
3. 呈三段式——此乃敘事（包括破題、簡記風土傳聞）、記遊（兼或述風貌景緻）與抒感（兼或議論）三者的錯綜變化。
4. 呈四段式——亦即將三段式的某一部份，如風土傳聞或議論，詳細敘述，而別成一段；如「敘事——記遊——抒情——議論」或「史事——傳聞——記遊——抒情」等等。

實則山水遊記仍以三段式佈局最為普遍，其餘皆是由三段式增減而來的。

（三）連繫全文方式

就全文的連繫方式來看，約有下列情形：

1. 縱式結構：按照事物發展的過程或時間先後，來安排內容與層次。
2. 橫式結構：按照內容的性質，即空間順序、逐類、逐次加以描寫。
3. 縱橫結合式結構：以事件發展過程為經，以內容的性質為緯；亦即以時間為經、空間為緯，相互結合起來；簡言之，即縱橫交錯法。

　　一般山水遊記仍以縱橫交錯法爲多，惟或縱、或橫，各有所偏重；而日記體遊記則以縱式結構爲主。

　　以上便就各種形式與結構之結合，略述如下：

（1）在山水雜記方面

　　一般山水雜記，由於內容上較小品遊記複雜而詳細，在時、空結構方面，又不及日記體遊記的規模與規則；因而，在內容結構上，以三段式佈局最爲普遍，其次因四段式與二段式。在全文的連繫方面，則橫式、縱式與縱橫交錯式皆具備。

　　甲、內容結構

　　①三段式結構：前述三段式結構，主要包括敘事、記遊、抒感三部分的變化。舉例言之，王安國的《清溪亭記》，便是一個典型的三段結構遊記：

> 清溪亭記臨池州之溪，上隸軍府事判官之府，而京兆杜君之爲判官也；築於治平三年某月某甲子，而成於某月某甲子。於是州之土樂之，而相與語曰：夫吳楚荊蜀閩越之徒，出入於是……上下於波濤之中，犯不測之險於朝暮之際，而吾等乃於數楹之地，得偉麗之觀，於寢食坐作之間，是可喜也。

此首段敘事。

> 若夫峙闔闢之萬象於千峰中繚繞，朝昭瞳曨，破氛霧於峰峻縹緲之石，而水搖山動於玲瓏窈窕之林，煙之滅沒，風雨之晦冥，……陽關而陰闔，草萌而木芽，霏紅縹紫，映燭而低昂……覽於是者，宜有以自得，而人不吾知也。

中段記遊寫景。

> 君曰：天懲其形於事者，宜有以佚其勞、鏖其視聽之喧囂，則必之乎空曠之所，然後能無患於晦明，吾是以知之，間隙攜其好於此，而徜徉以畢景……夫智足以窮天下之理，則未始玩心於物，而仁足以盡己之性，則與時而不遺……記者臨川王安國。

末段抒感而發議。

　　其它如王禹〈作竹樓記〉、范仲淹〈岳陽樓記〉、胡宿〈高齊記〉、〈題西余山寧化寺弄雲亭記〉、梅聖喻〈攬翠亭記〉、歐陽脩〈眞州東園記〉、蘇舜卿〈滄浪亭記〉等皆是此種結構。

又，或於「敘事」一段中，增添主題所在的空間或地名的描述，以襯托主題的景勢、位置者；如胡宿〈流杯亭記〉、歐陽脩〈叢翠亭記〉、蘇舜卿〈處州照水堂記〉、曹勳〈重修桐柏觀記〉等，亦爲另一種常見的三段結構典型。
——以上兩種，是爲載上功兼敘遊的遊記，蘇軾〈超然臺記〉等篇，則先以議論，再敘景遊，末結論。而亦有先敘景遊，再敘事以結者，如徐弦〈喬公亭記〉、蘇轍〈盧山棲賢寺新修僧堂記〉、葉適〈寶婺觀記〉等。

至於純粹旅遊的遊記，亦以敘事（包括遊因、舊聞傳奇等）、記遊（包括遊踪、風貌等）、結論（抒情或議論）的三段式結構，最爲普遍。例如柳開〈遊天平山記〉：

> 至道元年，開寓湯陰。未幾，桂林僧惟深者，自五臺山歸，……越明日，惟深告辭，予因留惟深曰：前言果不妄，敢同遊乎？惟深曰諾。

此首段記事（遊因）

> 初自馬嶺入龍山，小徑崎嶇，有倦意，又數里，入龍口谷，山色回合，林木蒼翠，遠觀俯覽，遂忘筆臀之勞，翌日……諸峰皆於茂竹喬松間，拔出石壁數千尺……雖善工亦不可圖畫。

此中段記遊寫景。

> 予留觀凡五日不欲去，如知惟深之言不妄也。又嗟嘆數年間，居處相去方百里之遠，絕勝之景，耳所不聞……因述數日之間所見云。

此末段結論

餘如蘇舜卿〈遊蘇州洞庭山水月禪院記〉、蔡襄〈記徑山之遊〉、蘇軾〈遊桓山記〉、〈石鐘山記〉、秦觀〈遊湯泉記〉、王質〈遊東林山水記〉、張栻〈遊南嶽唱酬序〉等，皆是屬此形式。

若張舜民〈遊定平凝壽塑佛記〉、王廷圭〈遊盧山記〉等篇，則先描述景勢，再敘遊、作結，亦是常見型式。如張舜民之遊：

> 定平縣、山不如水，水不如寺，寺不如凝壽……水西爲縣，東爲凝壽，負夕陽見里社，重樓複道，繚絡上下……故遊者不憚其勞，而居者不奪其樂。

此首段敘景勢。

> 予始遊寺，有大明堂。……異矣。

此中段敘遊

　　夫九耀昭昭在天，寧卑乎而顯爲臣僕如是邪？……然其獨凝壽哉？
　　天下之所共嘆者此也。

此末段發議以結。以上爲三段式最常見之結構。

　　②二段式結構：遊記中，往往有因專注或刻意於遊踪與風貌等的描寫，而忽略了其它部分，使得內容結構簡化成二段式，如朱熹〈百丈山記〉：

　　登百丈山三里許，右俯絕壑，左控垂崖，疊石爲磴十餘級，乃得度
　　山之勝。蓋自此始循磴而東，……然山之可觀者，至是則亦窮矣。

此首段記遊兼景。

　　余與劉充父、平父、呂叔敬、表弟徐同，實游之，既賦詩以紀其勝，……
　　年月日記。

此末段敘事以結。

　　他如王安石〈遊褒禪山記〉、王質〈玉淵龍記〉、孫枝〈東山記〉、程端明〈遊金華三洞記〉、林一龍〈大若巖記〉等皆屬此類。

　　又以「敘景勢——記遊兼景」者，如劉弇〈遊狼山記〉、王哲遊〈齊山記〉等。以「敘事（兼傳聞）——記遊兼景」者，如鄭志道〈劉阮洞記〉、錢伯言〈遊秦嶽祠記〉、馬純倚〈箔山錄〉等篇。此皆爲常見二段式結構的遊記。

　　③四段式結構：四段式結構，蓋由於在內容上，敘事與議論的份量加重，而自成一局所成。例如：蘇軾〈超然臺記〉，首先發議，論遊於物內與物外之別；次敘其遭遇，三記建臺治園，末記遊並興感。此外如他的〈放鶴亭記〉、陸佃的〈適南亭記〉、王十朋的〈雁蕩山壽聖白岩院記〉等亦是。此類結構的遊記，以載土功而敘遊者爲多。

　　此外，如晁夾咎〈新城遊北記〉、劉斧〈遊武夷山記〉，則融情景事議爲一，是爲一段式結構。

　　乙、連繫方式

　　敘事性與議論性較強的遊記，除了按照事物的發展過程，安排結構外，通常各層次間，也有並列、層遞或總分的關係，甚至有對話式的結構安排。而一般偏於敘遊的遊記，則有較明顯的時、空連繫結構。一般說來，非日記體的遊記雜記，主要以空間爲描寫對象，它的連繫方式也偏於橫式結構。例如柳開〈遊天平山記〉：

> 至道元年……初自馬嶺入龍山，……翊日，……明旦……翊日……
> 予留觀凡五日……因述數日之間所見。

此日期敘述極簡單，而重點放在「數日之間所見」的空間景物上。又，《秦觀遊湯泉記》首曰：

> 漳南道人昭慶，隱湯泉山之八月，集賢孫公謂其游曰：漳南去幾時，
> 已甚久，且聞其所寓富山水，盍往訪焉。

以下即：「……馳六十里，宿神居山……又馳四十里……又馳六十里……」——盡述空間景象，而間有「越三日……遂與俱行」、「明年，庵成。」，及最後的「明年，漳南自湯泉來，會于高郵，追敘去年登臨之美……因撰述以備湯泉故事……熙寧十年九月記。」——總觀此記所述，乃其熙寧十年九月以前，凡遊湯泉所歷所見，雖間亦標時，然重點仍在於「湯泉」的描述，也是以空間為重的連繫方式。

此外，若王質〈遊東林山水記〉、王柏〈長嘯山遊記〉等，大抵皆如此。

（2）在小品遊記方面

小品遊記由於篇幅簡小，使得內容結構與佈局段落，也趨向簡約、例落；多為一段式與二段式的空間連繫方式。

甲、內容結構：

①一段式結構：通常是將敘事、抒情與寫景融合為一。例如蘇東坡〈記承天夜游〉：

> 元豐六年，十月十二日夜，解衣欲睡，月色入戶，欣然起行，念無
> 與樂者，遂至承天寺，尋懷民，懷民亦未寢，相與步於中庭，庭下
> 如積水空明，水中藻荇交橫，蓋竹柏影也。何夜無月？何處無竹柏？
> 但少閒人如吾兩人耳。

又如山谷〈書吳叔元亭壁〉：

> 朝奉郎新當塗守黃某，於崇寧元年四月丁末，來謁叔元。晚登秀江
> 亭，澄波古木，使人得意塵垢之外，蓋人間景幽兩奇絕耳。

此外，若蘇軾〈游少湖〉、〈記遊松江〉、〈遊白水書付過〉、〈題廣州清遠峽山寺〉……以及黃庭堅〈題西林寺壁〉、〈題大平觀記〉、〈西山南浦行記〉……和秦觀〈龍井題名記〉、葉夢得〈夜遊西湖紀事〉等，皆屬之。

其次，以記遊寫景為主的，如蘇軾〈蓬萊詩序〉云：

> 蓬萊閣下，石壁千丈，爲海浪所戰，時有碎裂，淘灑歲久，皆圓熟
> 可愛，土人謂此彈子渦也。

蘇軾尚有〈跋石鐘山記後〉、〈記遊白水嵒〉、〈題嘉祐寺壁〉、〈書贈古氏〉、〈蓬萊山詩序〉等，和黃庭堅〈題練光亭〉、〈題三游洞〉、洪德〈題羅浮壁〉，邵伯溫〈泰山錄〉等，皆是以記遊寫景爲主。

至如蘇軾的〈記樊山〉，則以敘事兼史聞；〈灎澦堆賦序〉則景中帶論；〈記朝斗〉則描述星象；〈書臨皋亭〉則全篇抒情等，此皆一段式常見的遊記。而無論其內容、結構如何，皆以一氣呵成爲要。

②二段式結構：通常是因敘事、論述較爲詳細而自成一段。例如蘇軾〈記過合浦〉，首敘其行舟之遇：

> 余自海康適合浦，連日大雨，橋梁大壞，水無津涯，自與廉村淨行
> 院，下乘小舟至官寨。

以下始敘景抒情：

> 是日六月，晦，無月，碇宿大海中，天水相接，星河滿天，起坐四
> 顧，太息吾何。

此外如沙門洪德，則善於以前敘往事，後映今遊的記遊方式；他的〈題石龜觀壁〉、〈題廬山〉、〈題白鹿寺壁〉等篇皆是。

又如東坡的〈赤壁記〉：前述史聞，後記景遊；〈書湯泉詩後〉：前記所聞，後敘湯泉；〈書清泉寺詞〉：前記某人，後敘與之同游；〈題合江樓〉：首先發議，後敘景事，皆爲二段式的小品遊記結構。

乙、連繫方式：

小品遊記通常只限於一時一地之遊，規模既小，自不適於縱式時間連繫法，因而多屬於空間描寫的橫式連繫法。

（3）在日記體遊記方面

甲、內容結構——

由於日記體遊記是記載每日所見所聞的各種事物景象，以及隨時隨地之感受、行爲；因此，在內容上顯得極爲散雜，並無刻意的佈局方式；即使有篇、章、卷之分，也是因時、空而自然形成的，或者因篇幅過長，而加以畫分的。例如樓鑰的《北行日錄》，分上、下兩部分，上篇記乾道五年十月九日到年底，下篇自六年元旦到回程，是以時間而分。陸游的《入蜀記》分六卷，大致依篇幅長短而分。范成大的《吳船錄》，分上、下兩卷，大致以出三峽爲

界；而他的《攬轡錄》和《驂鸞錄》，則全篇不分。其餘若呂祖謙《入越錄》，和周必大、王柏、方鳳等人的日記遊記，則皆連繫不分。至於更短的，如王安石《鄞縣經遊記》，更不待言了。

乙、連繫方式——

日記體遊記的連繫方式，自然多屬於時間法的縱式結構；然而在縱式結構中，有二種特殊情形，即：

第一，有些遊記非逐日記遊的。例如王安石〈鄞縣經遊記〉所敘：「慶曆七年十一月丁丑……戊寅……辛巳……癸未……甲申」，顯然無特殊事件而缺而弗載，其與《入蜀記》類，雖無事亦標明日期，頗有不同；張舜民《郴行錄》、張杖〈遊南嶽唱酬記〉等皆是。

第二，許多遊記雖以時間為繫，實則都是採時，空並重而行的。例如呂祖謙《入越錄》：「淳熙元年八月二十八日……五里至關頭……二里，桐樹嶺；八里，東藕塘，……十五里，合香……。二十八日早，冒雨行二里……五里，苦山……十五里，香山……凡行五十九里。三十日……」

結構雖簡單，缺少變化，然而時、空交錯的痕跡，極為均衡且明顯，是典型的縱橫交錯連繫法。

至於周必大《九華山錄》等篇，則更進一步，雖以時間為繫，然對於空間的描述，極精詳且富麗，幾乎每日之遊，都可以單獨成一篇寫景佳作。例如：

> 壬辰早，同陳簿、葉尉、趙忠訓，出郭十餘里，登雙練亭，度西拱嶺，入龍安院，自此徐行，……步至上雪沖，源高而遠，仰視蓮花峰，正如所倚之屏，其前期石門水所注也，峭壁削成，懸瀑十丈，怒濤駭浪，不減三峽，或瀦為深淵，或散為奔湍……潭中產石斑魚，不常得，有瓔珞泉水跳石上，如貫珠，尤為奇絕……食罷轉山而行，終日觀山，面不殊厭，……。癸巳，早，隨溪而入……

這些較之呂祖謙的《入越錄》，已大異其趣。

三、結論

余光中在〈中國山水遊記的知性〉一文中，以為：「中國遊記的傳統，似乎有一個公式：首段總是這種史地的考據引證，中段才說『某年某月某日，予與某某相攜遊於某山……』，而敘事完畢，『末段免不了以一番議論或感慨

作結』。」觀宋代山水遊記尤是北宋山水遊記,的確有此趨勢;然而,由於形式、內容與體製各方面的變化,使得結構上,尚有多種普遍的「型式」,如:

1. 描述史地傳聞(→建亭台)→敘遊寫景→抒情或議論。
2. 敘事(建亭或遊因)→記遊寫景→抒情或議論。
3. 記遊寫景→敘事→抒情或發議。
4. 議論→敘遊寫景→結(同遊、日期等)
5. 敘事(遊因、日期等)→記遊寫景兼抒情→結。
6. 記遊寫景→→抒情或發議或結。
7. 史地傳聞描述→記遊寫景。
8. 情、景、事、議等,兼融並敘。

其中除了日記體遊記外,以上八式可以說是宋人山水遊記最常見的形式結構,同時,也可以說是一般遊記最常見的型式,後代遊記,概不出其範圍。

第二節　宋代山水遊記的修辭技巧

《文心雕龍・音篇》:「夫綴文者,情動而辭發,見文者,披文以入情。」指出作者與讀者之間,情思的共鳴。在山水遊記上,是將各種自然與人文交織成的圖畫,筆之於文,在欣賞的距離上,猶較山水畫隔了一層;因此,在文辭上,必須力求精確與生動,方能使讀者「披文以入情」、「意愜而關飛動」。所謂「五嶽蒼茫渾灝,不以小節見取,廬山博大雄奇,黃山俊偉詭特,峨眉天下秀,青城天下幽,各有個性,不可雷同。」〔註2〕因此,如何調整語文表意的方法,和設計語文優美的形式,使作者的意象,能充分的表達出來,便成了遊記文學的一大重點。

此外,山水景物是客觀的,而鑑賞與批評、觀感卻是主觀的,所以在山水遊記中,作者仍須適度的表達自己的思想與情感,使得山水具有「個人生命力」,尤其是注重性思考與個人特質情調的宋代文人,更是如此。周易《乾文言》說:「子曰:君子進德以修業。忠言,所以進德也;修辭立其誠,所以居業也。」「修辭立其誠」是儒家揭櫫的一條原則,也是宋代文人的為文之道。而自古文運動在宋代蓬勃展開後,散文技巧的探討日受重視,山水遊記則因其內容的廣博與綜合性,在修辭上更得以全力發揮運用,因此,修辭技巧成了宋代山水遊記的一項極大的突破與成就。

〔註2〕見朱偰:《論遊記文學》,東方雜誌四十卷五號。

　　本節討論的修辭技巧，包括三方面，第一是有關景物摹描的技巧，其次是抒情意境的雕琢，其三是敘事筆法的經營。

一、景物的摹寫

　　景物的摹寫是山水遊記的一大重點，也就是對於所觀察之景物，透過個人的感覺，以及經驗的累積與反映，經過簡擇、取材、組織，而將之呈現於文字上，使讀者藉著作者主觀的關照，而與作者同遊。一般景物的摹寫，包括直接的視、聽、嗅、味、觸覺的摹寫，與間接的映襯、譬喻、擬化、引用等表意方法的調整；以及對偶、排比、層遞、聲律節奏等優美句型的設計。

（一）摹寫技巧

　　對事物的各種感受，加以形容描述，稱之爲摹寫。摹寫的對象包括視覺、聽覺、嗅覺、味覺、觸覺等等的感受，《文心雕龍·物色篇》對於摹寫的論述。所謂：

> 詩人感物，聯類不窮。流連萬象之際，沉吟視聽之區，寫氣圖貌，旣隨物以宛轉，屬采附聲，亦與心而徘徊。故「灼灼」狀桃花之鮮；「依依」盡楊柳之貌；「杲杲」爲出日之容；「漉漉」擬雨雪之狀；「喈喈」逐黃鳥之聲；「要要」學草蟲之韻。皎日嘒星，一言窮理；參差沃若，兩字窮形。並以少總多，情貌無遺矣。

這段包含視聽摹寫的文字，說明了詩人受物質環境的刺激而產生「聯想作用」，在主視意識觀照下，綜合複雜的情境，而使得客觀的形貌，毫無遺失的再現出來；因此，所謂的「摹寫」乃是一種「繪聲繪色」的修辭法，強烈地訴諸直覺的感受〔註3〕——這是一種極生動的文學手段；尤其對於山水景物的呈現，更能發揮最大、最直接的功能。以下就視覺、聽覺、嗅覺、味覺、觸覺以及綜合的摹寫，舉例言之。

　　甲、以視覺意象摹寫〔註4〕：

　　摹寫最常以視覺意象來表現，凡景物的形狀、顏色、靜動之態，都必須透過視覺。如：

〔註3〕參見黃慶萱先生的《修辭學》，第三章，頁66。

〔註4〕所謂「意象」，黃慶萱先生以爲乃是由作者的意識所組合的形象。林月仙先生在《實用修辭學》中則以爲乃是指心靈上較具體的形象，如江、河、湖海等形象，亦即指內心的經驗，再度在腦子裏出現，而作者寫作就是要把這些意象表達出來。

形狀的摹寫：

> 九日，微風過扇子峽，重山相掩，正如屏風扇……登蝦蟆碚……在山麓，臨江，頭鼻吻頷絕類，而背脊尤逼眞。（《入蜀記》〈卷六〉）

> 至蒼山簹笑谷，石峰已漸獻奇；昂首尻坐，作伏獅狀；項湊圓石，如懸鈴，是爲獅子峰……拿龍而驤馬、困立而屏張，截者玉削、趵者鵬飛，銳者圭列，展者旗揚；界立者，如劍剖鋸分；壁峙者，如鐵城環闉；……千奇萬異，駭目怵心。（曾原一〈寧都金精山記〉）

> 過石人磯，磯臨江隱起，石理如側磚，有石拱立遠望如人行。（《彬行錄》）

色彩的摹寫：

> 過板子磯，紅黃絲花，俯照江面，花繁而石怪，間以翠篠，正如徐熙所畫者。（《彬行錄》）

> 最奇者曰水滴，尤妙者曰雪山，瑤琳玫瑰，璀璨玢齒，銀屋閃閃，皓質清潤，非世間物也。（王柏〈長嘯山遊記〉）

> 于時丹楓纈林，香桂染袖，金粟垂穎，翠莢採豆，芙蓉靚冶，籬蘭敷茂。……姿青黃於橘柚，日喧而不燠……正一年之佳景候也。（王柏〈長嘯山遊記〉）

> 登清江臺，前眺江流，練練如橫一帶，閣阜玉筍諸山，江外殘雪未盡，縈青繚白，遠目增明。（〈驂鸞錄〉）

> 澗之東有塢，植桃數畦，花光射日，落英繽紛，點綴芳草，流江縹緲，隨水而下。（鄭志道〈劉阮洞記〉）

動、靜態的摹寫：

> 是日登寺閣，眺望淮山，有如圖畫，閣之西南隅，有塔影側垂，長可尺許，以扇承之，影在扇上。（《彬行錄》）

> 稍南一名，歁嵌飛動，瀑婉蜒如舞白虹而下，涎沫轉掉……（謝翱〈小鑪峰三瀑記〉）

> ……清暉閣，西對廬阜，如青天翠屏，初至，白雲英英起山腰，少焉散漫，俄復退歛，已而山坡絮帽變態不常，舉酒賞之，不覺竟醉。（周必大〈廬山後錄〉）

　　此外，視覺的觸動，往往是形狀、色彩、動靜之態等的綜合現象，而此類的綜合描寫，更多不勝舉例：

> ……群石滿地，或臥或立，沼水浸碧荷，亂生石間……前望眾山，回合如海，登覽甚富。(〈驂鸞錄〉)

——此乃形狀、色彩之靜態摹寫。

> 日薄西山，餘光橫照，紫翠重疊，不可殫數；旦起下視，白雲漫川，如海波起伏，而遠近諸山，出其中者，皆若飛浮往來，或湧或沒，頃刻萬變。(朱熹〈百丈山記〉)

——此乃形狀、色彩，動態之摹寫。

> 東南望見瀑布，自前巖冗潨湧而出，投空下數十尺，其沫乃如散珠噴霧，日光燭之，璀璨奪目，不可正視。(同上)

——此乃形狀，色彩、靜態之摹寫。

> 日未當午，峽間陡暗如昏暮，舉頭只有天數尺耳，兩壁皆是奇山，……煙雲映發，應接不暇，如是者百餘里，富哉！其觀山也。(《吳船錄》下卷)

——此乃形狀，靜態之描寫。

　　乙、以聽覺意象來摹寫：

　　人類觀察萬物，不僅發現了「形狀」，更發現了「聲音」，音律之動盪，眩惑熒魄，給予人們心靈的震撼，不亞於視覺的形象刺激；因此，鳥獸之名，多取其呼聲，而無生命之物，也往往取其撞擊之聲為名；尤其是中國文字，極富「感覺性」〔註5〕，因聲而起者，更不計其數〔註6〕。古代文學作品中，即有不少摹聲之詞，所謂「黃鳥于飛，集於灌木，其鳴喈喈。」(〈詩經‧葛覃首章〉)，而散文化的宋代山水遊記，對於萬籟眾息，則更加以精細而生動的摹寫。例如：

> 秋鶩寒鷊，鼓浪往來，晨梟夕雁，乘煙上下，翩翩去翼，嗈嗈餘聲，江湖幽情，滿于眺聽。(胡宿〈流杯亭記〉)

〔註5〕黃慶萱先生：《修辭學》第三章云：「我要進一步指出中國文字之富於感覺性。……」，頁58。

〔註6〕參見章太炎：《語言緣起說》一文：「何以言雀？謂其音即足也。……」又，鈴聲丁令，即名為鈴，鐘聲丁東，即名為鐘，東聲骨隆，即名為轂輪……等等，皆是因聲而起之詞。

其聲如疾雷、如震霆、如百萬之戰爭，……（王質〈玉淵龍瀑布〉）

有泉鳴林薄間，斷續相應，類金奏閣，而石聲間作，又有縹緲益近，若浮雲飛絮，遊空而下，殆不可窮其狀。（謝翱〈自巖麓尋泉至三洞記〉）

描寫音聲之震動，最為活潑、聲動而逼真者，莫如蘇軾〈石鐘山記〉：

……山上栖鶻，聞人聲亦驚起，磔磔雲霄間，又有若老人家欬笑於山谷中者，或曰此鸛鶴也。余方心動欲還，而大聲發於水上，噌吰如鐘鼓不絕，……徐而察之，則山下皆石冗罅，不知其深淺，微波入焉，涵澹澎湃而為此也。……有大石當中流……空中而多竅，與風水相吞吐，有窾坎鏜鞳之聲，與向之噌吰者相應，如樂作焉。

大抵而言，聽覺的摹寫有兩種，除了「噌噌」「磔磔」「噌吰」等狀聲詞外，若「有泉鳴林薄間，斷續相應，類金奏閣」亦是。前者為直接的摹擬聲音，在我國古典詩詞中，屢見不鮮；後者則是以比喻的方式，來形容或敘述聲音，極輕靈而生動，在散文的運用，愈來愈廣。

丙、以觸覺意象來摹寫

天地四時運行不停，寒暑陰晴變化不休，人們的觸覺也隨之活躍。然而，觸覺一則固然是由於外界環境的撫觸、轉變而產生，再則也往往因心靈的感發而悸動。例如：

是夕，宿頂上，……盤桓立清露下，直覺冷透，骨髮羸體將不堪。（謝絳〈遊嵩山寄梅殿丞書〉）

寒威薄人，呼酒舉數酌，猶不勝；擁氈坐乃可支。須臾，雲氣出巖。（張栻〈遊南嶽唱酬序〉）

九月望夜……與詩僧可久泛湖……微風動，涓水漲漾，與林葉相射，可久清癯，坐不勝寒，索衣無所有，乃以空米囊覆其背。（葉夢得〈夜遊西湖紀事〉）

赴蔡守，飯於丹陽樓，熱特甚，堆冰滿座，了無涼意。（《入蜀記》卷一）

以上皆因寒暑之薄觸而生的感覺。至若：

仰視而峭險臨壓，相顧愕咤，魂悸膽慄，惟覺寒氣淰淰逼膚，令人有思挾纊意。（劉斧〈遊武夷山記〉）

即龍洞也。峽中紺碧無底，石寒水清，非復人世。舟行數十步，石
壁益峻，水益湍，亟回棹舟，人云前去更奇；以雨大作，飛瀑沾濡；
暑肌起粟，骨驚神懾，凜乎其不可以久留也。（〈吳船錄上卷〉）

林霏一開，負寒凌漸漸變，而明嵐煖翠，……（趙汝馭〈羅浮山行
紀〉）

此則非僅肌膚之寒煖，更加以臨高踏險之凜，或其它官感意象的影響了。

丁、以嗅覺意象來摹寫：

凡物的氣味，透過人的鼻子，而得到感覺，便是一種嗅覺意象。萬物之
中，尤以花草之香，最易引起共鳴。例如：

一色荷花，風自兩岸來，紅披綠偃，搖蕩葳蕤，香氣勃鬱，衝懷昌
袖，掩苒不脫。（王質〈遊東林山水記〉）

花粉逆風，起爲黃塵，留衣襟不去，他香無是清也。（鄧牧〈雪竇游
誌〉）

一爲描述荷花的濃郁，一爲描述花粉的清幽，不但將抽象而靜態的感覺，化
爲具體而動態的意象，甚至將嗅覺擬人化了，筆法之自然高明，令人歎服。

一般而言，嗅覺意象較爲抽象而難以把握，往往稍蹤即逝，文人們常常
必須配合其它修辭法與其它意象，才能鮮明的襯托出來。若「岸芷汀蘭，郁
郁青青」一類的詞，則稍嫌簡略，不如前兩例之鮮活，可見宋人修辭技巧愈
趨精熟了。

戊、味覺意象的摹寫

味覺意象的摹寫與嗅覺意象類似，極少單獨而詳細的描述，大多滲雜於
其他官感或景象的描寫中。例如：

……遂置酒竹陰下，有劉唐年主簿者，餽油煎餅，其名甚酥，味極
美。（蘇軾〈記遊定惠院〉）

蔡自點茶頗工，而茶殊下，同坐熊教授……云：建茶舊雜以米粉，
復更以薯蕷，兩年來，又更以楮芽，與茶味頗相入，且多乳，惟過
梅則無復氣味矣，非精識者，未易察也。（〈入蜀記〉卷一）

汲玉乳井水，井在道旁觀音寺，各列水品，色類牛乳，甘冷熨齒。（同
上）

村人來賣茶葉者甚眾……茶皆如柴枝草藥，苦不可入口。（同上卷六）

> 有仙橘小者如彈舟，其皮可食，大者如雞卵，味尤甘；又有仙李如
> 小鳥卵，長而色赤，味亦酸美。（劉斧〈遊武夷山記〉）

己、綜合意象之描寫

景物的呈現，以及個人的主觀觀照，本是數種官感意象的交互運用，如
黃慶萱先生〈修辭學〉所說：

> 摹寫要像一卷影片，……要像有聲電影片，而不是默片。甚至是有
> 香有味，能觸能摸的影片。

因此，各種官感意象的綜合應用，便成了摹寫最重要的方式與技巧。在宋代
山水遊記中，也以此種修辭法的應用，最為廣泛。例如：

> 榛烟魚火，泉華谷氣，川禽山鳥，翔嬉其間，林木噓唫之聲，雲霞
> 起滅之狀，須臾眺聽，萬態遞出。（胡宿〈高齋記〉）

——此為視覺（形狀）、聽覺的綜合摹寫。

> 循若耶溪行，一水澄澄，橫布子石上，疊為瀺灂，激為泠泠，夾以
> 懸崖崇岡，……使人飄然欲仙。（鄧牧〈自陶山游雲門〉）

——此為視覺（形狀、色彩、動態）、聽覺的綜合摹寫。

> 岸多細石，往往有溫瑩如玉者，●淺紅黃之色，或細紋如人手指螺
> 紋也。（蘇軾〈記赤壁〉）

——此為視覺（形狀、色彩）、觸覺的綜合摹寫。

> 余通宵來絕頂，噫然大塊叫萬竅而舞六花，濛鬆一色，悽神寒骨，
> 已而閉戶息視，及披衣起，天際已明，其上則暗；久之，火輪由暗
> 中射飛濤以出，向所謂渾沌，又若造物者，始判清濁而六合暉新也；
> 林霏一開，負寒漸變，而明嵐煖翠，凡嶺南之山川，隱顯向背，咸
> 無遁形。（趙汝馭〈羅浮山行記〉）

——此乃視覺（形狀、色彩、動、靜態）、觸覺的綜合摹寫。

> 去江岸五里許，所謂香溪也……水味美，錄於水品，色碧如黛。（〈入
> 蜀記〉卷六）

——此乃視覺（色彩）、味覺的綜合摹寫。

> 是日也，天朗氣清，惠風和暢，巖端過雨，疏雲溜日，余與諸君攜
> 茵挈壺觴，上登崔嵬，下弄清淺……山殽野蔌，具於臨時贍，靈溪
> 之鱗茹，金庭之厥，無備具之勞也……酒酣浩歌，聲振林木，音無
> 宮商。（鄭志道〈劉阮洞記〉）

——此乃視覺、聽覺、觸覺、味覺的綜合摹寫。

　　綜上所述，可以看出宋代山水遊記的作者，對於體物、狀物的摹寫技巧，極為熟練，透過作者細心的觀察和主觀的觀照，不僅描繪了大自然靜態的沉著美，更捕捉了動態的繽紛變化；化客觀的景象，為主觀的意境，使得山水處處留情、充滿意趣。

（二）譬喻技巧

　　譬喻是屬於間接表達概念或意象的手法，即所謂「借彼喻此」的修辭法。墨子小取篇說：「辟也者，舉他物以明之也。」，王符潛夫論繹難篇說：「夫譬喻也者，生於直告之不明，故假物之然否以彰之。」可見譬喻不但有修飾的效果，更有表意的功能，亦即是能夠以易知、具體的意象，刺激人類聯想起難詳、抽象的意象。

　　黃慶萱先生論譬喻，以為《文心雕龍・比興篇》的「比」，即是「譬喻」（《修辭學》頁 227），〈比興篇〉云：

> 夫比之為義，取類不常；或喻於聲，或方於貌，或擬於心，或譬於事。……曹劉以下，圖狀山川，影寫雲物，莫不纖綜比義，以敷其事，故比類雖繁，以切至為貴，若刻鵠類鶩則無所取焉。

所謂「圖狀山川，影寫雲物」也正是山水遊記的譬喻運用。

　　「譬喻」雖因「喻體」、「喻依」、「喻詞」三種辭格的偏重，而有「明喻」、「隱喻」、「略喻」、「借喻」，甚至「假喻」之別〔註 7〕，事實上，在修辭的運用上，往往是採一連串的數種譬喻法，來表明意象的。宋代山水遊記則是大量的使用各種譬喻法，以及綜合的譬喻法，來描述景物的。例如：

> 卞山當其西，如蒼龍蟠據，勢欲奮挺，太湖在其北，若元氣磅礡，浩無津涯。（胡宿〈題西余山寧化寺弄雲亭記〉）

> 山之出於林木之上者，纍纍如人之旅行於墻外，而見其髻也。（蘇軾〈凌虛臺記〉）

> 涉其山之陽，入棲賢谷，谷中多大石，岌業相倚，水行其間，其聲如雷霆，如千乘車，行者震掉，不能自持。（蘇轍〈廬山棲賢寺新修僧堂記〉）

〔註 7〕 有關譬喻的研究，宋代陳騤著《文則》一書中，曾將之分成直喻、隱喻、類喻、詰喻、對喻、博喻、簡喻、詳喻、引喻、虛喻等十種方法，然而頗有差誤；此則採黃慶萱先生《修辭學》的分法。

西升上數百尺，既竟其頂，隱而青者，或遠在一舍外，銳者如簪，缺者如玦，隆者如髻，圓者如璧。（王質〈遊東林山水記〉）

是日，天宇情霄，四顧無纖翳，惟神女峰上有白雲數片，如鸞鶴翔舞，裴徊回久之不散。（《入蜀記》卷六）

……躋稜層、披翠蒨，盡十里許，下視來徑，青虯蜿蜒，搏巖騰霄……平林坦壑，四面五峰，如掌豎指，一峰南絕，卓為巨擘，屋蓋高下在掌中矣。（蔡襄〈記徑山之遊〉）

如此，以人之旅於墻外而見其髮，來比喻山之出於林木，以鸞鶴翔舞來比喻白雲飄游，以掌之豎指來比喻四面之峰等，已可謂巧思妙喻、獨出心裁了；然而，其中尤其精絕的，莫過於蔡襄〈記徑山之遊〉之中所謂：

雲取靄寨，狀類互出，若圖畫蟲蠹斷裂，無有邊幅，而隱顯之物，尚可名指。群山屬聯，呈露岡脊，矯矯剪剪，咸有意氣，若小說百端，欲聖智之，亢而不知其下也。

以蟲蠹圖畫，來比喻雲掩景緻，不僅將視覺印象表達的極貼切而具體，且更具有雲霧變化的動態情緻；後者更以小說百端之情節變化，來比喻群山之百態情狀，則更出人意料之外，不得不驚歎作者聯想力之豐富，與推陳出新的絕喻了。

譬喻法的運用是宋代山水遊記中，僅次於官感直接摹寫的修辭方法。

（三）轉化技巧

所謂的「轉化」，是指描述一件事物時，轉變其原來性質，化成另一種本質截然不同的事物。而加以形容敘述；同時，轉化是就兩件不同事物的可變點著筆，乃觀念形態的改變，與譬喻——就兩不同事物的相似處著筆，而著重內容的修整，有所差異。轉化的方法，有名詞、代名詞、動詞、形容詞、副詞等詞性的變化。至於所產生的型態，則有三種：人性化、物性化與形象化；其中尤以「人性化」，一般所謂的「擬人法」，最為普遍。朱光潛在《文藝心理學》，第三章中論「移情作用」曾說：

移情作用有人稱為「擬人作用」。拿我作測人的標準，拿人作測物的標準，一切知識經驗都可以說是如此得來的。把人的生命移注於外物，於是本來只有物理的東西，可具人情；本來無生氣的東西，可有生氣……從理智觀點看，移情作用是一種錯覺……但是，如果沒有它……人生便無所謂情趣……藝術難產生。

可見轉化功能的重要了。而，無論「人性化」或「物性化」、「形象化」，都是建立在聯想上的一種移情作用，以及形象直覺；山水亦本無情，但是藉著它，不但有了情，而且更打破了人與自然的隔閡，因此，轉化在山水遊記中，也佔了極重要的修辭地位。以下就各種詞性，形態的轉化，舉例以見之：

> 蓬萊閣下，石壁千丈，爲海所戰，時有碎裂，淘灑歲久，皆圓熟可愛。（東坡〈蓬萊山詩序〉）

——「戰」乃動詞之擬人化。

> 狂風怪石，翔舞於簷上，夏松竹箭，橫生倒植，蔥蒨相糾。（蘇轍〈廬山棲賢寺新修僧堂記〉）

——「翔舞」乃擬人化之動詞。

> 龍洞……腹中空豁，可諸粟萬斛。屏以青壁，而泉齧其趾，蓋以乳石而鼠家其實。……（秦觀〈遊湯泉記〉）

——「齧」乃擬人化動詞。

> 五老峰于廬山最高，其旁有瀑，如萬斛鎔銀，騰空而下；山崖峭峽，水盛怒無所輸瀉，盤旋勃鬱，欲迸崖而出……水盡銳以爭、石極力以拒；相追數里，率未得騰負也。（王質〈玉淵龍記〉）

——「盛怒」乃擬人化之形容詞。「盤旋勃鬱」乃形象化之比喻。而「水盡銳以爭」至「未得勝負」一句，是整句擬人化的比喻。

> 草木堅瘦，門外寒松皆拳曲擁腫。……（張栻〈遊南嶽唱酬序〉）

——此爲名詞之擬人化。

> （亭）簷跳白日頂摩，蒼穹皎皎，飛出空際，巖壁溢秀，煙霞張彩，不動容色……（周莊〈括蒼山最高軒記〉）

——「跳」、「摩」、「飛」、「溢」、「張」等，皆爲動詞之擬人化；而「不動容色」則爲形象化與擬人化的比喻。

> 有門曰梅花莊，芳眼疏明，皆迎人笑。（趙汝馭〈羅浮山行紀〉）

——「芳眼」乃擬人化之名詞；「迎人笑」乃擬人化之語句。

　　如此，經過轉化作用，不但意象鮮明而具體，對於山川景物，更有畫龍點睛之妙。

（四）映襯技巧

　　在語文中，把兩種事實，特別是相反的觀念，或事實，對列起來，兩相比較，從而使語氣增強，使意義顯明的修辭方法，即是映襯。映襯是利用人

類「差異覺閾」的矛盾，將之排列而相映成趣，黃慶萱先生將之分成「反襯」、「對襯」與「雙襯」三種；此外，亦有將同性質的事物或觀念，並排而列，以襯托出更鮮明的意象，謂之烘托，此亦另一種映襯之法。簡單言之，映襯即是包括對同一人事物與不同的人事物，在觀念或事實上的一種「並置」或「對比」情境的襯托。在山水遊記中，最常見的，便是有關色彩、明暗、畫夜、四季、靜動、遠近、高低等的對映相照。例如：

> 摘翠者蓬、舉白者魚。（王質〈遊東林山水記〉）

——翠、紅、白爲色彩之對比；全段三句則爲同一景象的並列襯托。

> 其山東望如樓臺，高視如城壁，西顧似庾廩，北觀如車蓋……（同上）

——東、高、南、北爲位置方向之映襯。

> 入自曾公巖，於棲霞洞，入若深夜，出乃白晝，恍如隔宿異世。（羅大經〈桂林記〉）

——此深夜、白晝乃明暗之對比。

> 晚別諸人，連夕在山中，極寒，可擁爐；比還舟、秋暑殊未艾，終日揮扇。（《入蜀記》卷四）

——此乃寒暑之對比映襯。

> 入夔州，則山忽陡高，無不摩雲者；自嘉以來，東西三千里，南北綿互……不知其幾千萬峰，……自出夷陵，至是回首西望，則杳然不復一點；惟蒼煙落日，雲平無際……（《吳船錄》卷下）

——此乃地勢高下、峻夷之對比映襯。

> 若夫霪雨霏霏，連月不開，陰風怒號，濁浪排空……登斯樓也，則有去國懷鄉，憂讒畏譏……感極而泣者矣。至若春和景明，波瀾不驚，上下天光，一碧萬頃……登斯樓也，則有心曠神怡，寵辱皆忘，把酒臨風，其喜氣洋洋矣。（范仲淹〈岳陽樓記〉）

——此乃陰晴季節以及動、靜情景的對比映襯。

> 余十五六時遊北山，謁華禪師，殘僧三四輩，草屋數椽，殆不堪其愁……後二十五年，余還自海外，過此，而山川增勝，樓閣如幻出，大鐘橫撞，淨侶戢戢……（洪德〈題盧山〉）
>
> 昔者惡木蔽天，不剪不伐，梟鴟捷鳴於其上；今則桃李成蹊，松柏如蓋，春鶯鳴，秋鶴唳矣。昔者蔓草據地，不芟不夷，蛇虺蟠伏於

其下，今則蘭杜夾徑，芙蕖滿塘，鴛鴦游，嘉魚躍。（宗澤〈賢樂堂記〉）

——以上二則為景象今、昔之對比映襯。

有瀑如萬斛鎔銀，騰空而下……與石相衝擊，如戰馬、如奔象……忽山崖橫裂……則有平石曼衍數十丈，如几如鏡，水力稍寬。（王質〈玉淵龍記〉）

——此則水勢動靜之對比映襯。至於烘托的映襯，例如：

登自其西壁，絕壁遠橋行，少休，松檜交錯，盤鬱蒙翳，尋丈之間，獨聞語聲……（蔡襄〈記徑山之遊〉）

——以「獨聞語聲」襯托出森林的幽密深鬱，頗有「空山不見人，但聞人語響」的妙境。

映襯的修辭，由於在形式上，往往採取對偶、排比的句型，在表意上，往往採象徵、比喻、擬化各種方法來表達，因此較且有繁複性，然而卻能予人立體感；同時，內容對比愈強烈，印象愈鮮明，予人心靈的衝擊也愈大；在摹景及敘事上，都能造成深刻的效果。

（五）引用技巧

所謂的引用，包括援用別人的話或典故、俗諺等，是一種訴諸權威或訴之於大眾的修辭法，而文學作品的引用，則更由於「文境」的與古相合。《文心雕龍·事類篇》說：「事類者，蓋文章之外，據事以類義，援古以證今者。」文人在觀賞一個章象時，由於意境與過去的經驗、史實相融會，而產生了相同的或新鮮的體會與趣味，而利用類似或對比的關係，直接、間接的援引典故，以達成文章的目的。

引用有明引、暗用兩種，每種又有全引、略用兩篇。在詩詞韻文中，應用已廣，甚至為了求典雅工麗，以及限於聲律，或求賣弄學問，往往反而流於艱澀難曉，張源詞源所謂「要體認著題，融化不澀」，便是此意。散文亦然，所謂羚羊掛角，無跡可求，方是技巧。例如：

出夾望長蘆，樓塔重複，……至今日常數百眾，江面渺瀰無際，殊可畏，李太白詩云「維舟至長蘆，目送煙雲高」是也。（《入蜀記》卷二）

古之謂瓦棺寺，有閣因岡阜，其高十丈，李太白所謂「鐘山對北戶，

淮水入南榮」者，又〈橫江詞〉「一風三日吹倒山，白浪高於瓦棺閣」
是也。（同上）

歷遊城上亭榭，有坐欽亭，頗宜登覽，城濠皆植荷花。是夜，月白
如畫，影入溪中，搖蕩如玉塔，始知東坡「玉塔臥微瀾」之句為妙
也。（同上）

磯一名西塞山，即玄真子〈漁父辭〉所謂「西塞山前白鷺飛」者，
李太白〈送弟之江東〉云：「西塞當中路」……張文潛云：「危磯插
江生，石色擘青玉」，殆為此山寫實……（同上卷四）

桂林右山怪偉，東南所無，韓退之謂「山如碧玉簪」，柳子厚「拔地
峭起，林立四野」，黃魯直謂「平地蒼玉忽增峨」……皆極其形容。
　（羅大經〈桂林記〉）

陸游的《入蜀記》中，引用前人詩詞以印證當前的景色者極多，其餘引用詩
詞以破題的，也於遊記中隨處可見。《文心雕龍‧事類篇》說：「用舊合機，
不啻自其口出。」觀宋代山水遊記，差不多可符合此標準了。

（六）夸飾技巧

夸飾是指夸張鋪敘的傳達方式。雖為遠超過客觀事實，但是卻能夠說早
一種主觀的感覺；王充論衡中指出它是「增語」、「增文」，劉勰則稱它是「夸
飾」：

夫形而上者謂之道，形而下者謂之器。神道難摹，精言不能追其極；
形器易寫，壯辭可得喻其真，才非短長，理自難易耳。故自天地以
降，豫入聲貌，文辭所被，夸飾恆存。雖《詩》、《書》雅言，風俗
訓世，事必宜廣，文亦過焉。

又說：

然飾窮其要，則心聲鋒起，夸過其理，則名實兩乖。若能酌《詩》、
《書》之曠旨，翦揚馬之甚泰，使夸而有節，飾而不誣，亦可謂懿
也。贊曰：夸飾在用，文豈循檢；言必鵬運，氣靡鴻漸；倒海探珠，
傾昆取琰；曠而不溢，奢而無玷。

——夸飾固然忌言過其辭，只要「夸而有節，飾而不誣」，則能文而意顧，達
到美文的效果。山林川流，繁複富麗的景象，若無夸飾，敏銳的感覺與想像，
必然遜色不少。例如：

下瞰群峰，乃向所跂而望之，謂非插翼不可到者，皆培塿焉。邑居樓觀、人物之夥，視若蟻壤。（謝絳〈遊嵩山寄梅殿丞書〉）

是夕，宿頂上，會幾，望天無纖翳，萬里在目，子聰疑去月差近！（同上）

偃松之南，一日千里，吳江之濤可挹，越岫之桂可攀。（蔡襄〈記徑山之遊〉）

（亭）簷跳白日頂摩，蒼穹皎皎，飛出空際，巖壁溢秀，煙霞張彩，不動容色，爛金碧丹，艧于頹垣，棘之間雲，山千里松竹萬家，景與目共，……（周莊括〈蒼山最高軒記〉）

雨後斷路，白雲峽水方漲，碧流白石，照人肺肝，如層冰積水，……（《吳船錄》卷上）

……雖呂梁懸水，天台飛流，方之標奇，曾無蓄翠，風木含韻，陰鶴朝唳，孤猿瞑吟，曜金碧於澄潭，散霞彩於晴空，其勝概可勝言哉……（李季貞〈石門洞記〉）

實則山水遊記中，夸飾幾無處不在，前舉其它修辭法例中，即已不少。

（七）借代技巧

　　借代是放棄通常使用的本名，或詞句不用，而另找其它名稱或語句來代替，尤其在詩詞中，運用的特別廣；然而運用太廣，則難免流於濫〔註8〕；因此，借代必須貼切、具體而有新鮮感。在宋代山水遊記中，亦頗有借代之辭。例如：

月色皎然，竹影落澗，瑤光玉繩，縈落陸離於幽渺苴漏之間。（王柏〈長嘯山遊記〉）

——以「瑤光玉繩」替代星斗。

九月望夜……與詩僧可久泛湖，時溶銀榜山，松檜參天。（葉夢得〈遊西湖紀事〉）

〔註8〕王國維在《人間詩話》中說：「詞忌用替代字，美成解語花之桂華流瓦，境界極妙，惜以二字代月耳。夢窗以下，則用代字更多，其所以然者，非意不足，則語不妙也。蓋意足則不暇代，語妙則不必代，此少游之小樓連苑，繡轂雕鞍所以爲東坡所譏也。」又如沈伯時《樂府指迷》提到：「說桃不可直說破桃，須用紅雨劉郎等字。詠柳不可直說破柳，須用章台灞岸等字。」可見借代法發展到宋詞，已臻於濫，引起有識者的反感了。然而，借代也自有其一番新趣，只要運用得當，未可一筆抹煞。

——以「鎔銀」替代月亮。

> 逢驅羊行賈者，數百蹄散漫山谷。（呂祖謙〈入越錄〉）

——以「蹄」：羊之部分，替代全體之「羊」。

> 東嶂出日，金暈吞吐，少焉，金壁徑升，星耀不可正視。（同上）

——以「金壁」替代太陽。

> 若秋之夕，夏之夜，素魄初上，納於清池。（劉牧〈待月亭記〉）

——以「素魄」替代月亮。

　　以上關於借代技巧，雖無極新之辭，然而對於增加文字色彩、聲韻，以及意境的雕琢，頗有添花之效。大抵說來，宋代山水遊記中運用借代法官遠不如詞之廣，亦惟如此，故多能免於浮濫之蔽。

（八）表意法的綜合運用

　　以上七種表意的修辭法，是宋代山水遊記中，最常使用的方法，然而七種表意法卻往往相互交融錯雜，造成意象表達的多元化與立體化，例如：

> 山上多老枳木，性瘦靭，筋脈呈露，如老人項頸，花白而圓，如大如珠纍纍，香色皆不凡。（蘇軾〈遊定惠院記〉）

——此以擬人化的比喻，來摹寫視覺意象。

> 據石之端，仰而視之，三峰鼎峙，峻極雲漢，寒光襲人，虛碧相映，危崔蕩花紅，雨散亂其東，易則孤危峭拔，儀狀奇偉，上有雙石，如綰髮髻，遂名之曰雙女峰。（鄭志道〈劉阮洞記〉）

——「危崔蕩花紅」二句，乃以排比句型，以及動詞的變化，來摹寫視覺意象；「雙石如綰髮髻」則以譬喻寫峰石之狀。此乃視覺摹寫，擬人法與譬喻法的綜合運用。

> 仰而觀之，或突然傲岸而出，若有恃者，或侵尋而卻，若有畏者，雲撓而鳥企鼻，口呀而齗齶露，其鄽牙橫遣，卒愕之變，疑生於鬼神，雖智者造謀，而巧者述之，未必能爾也。（秦觀〈遊湯泉記〉）

> 夜既深，山益高且近，森森欲下搏人。天無一點雲，星斗張明，錯落水中，如珠走鏡，不可收拾。（王質〈遊東林山水記〉）

——以上兩例乃以夸飾之譬喻，來摹寫視覺形象。

> ……每冷風自遠而至，泛篠薄、激松梢、度流水、其音嘈然，如奏笙籟……（秦觀〈遊湯泉記〉）

　　兩山爭倚天，煙霏層疊，自獻部曲，斷續行九，地底水聲洪高如乘
　　車挽而起，仰望晴盧如展匹練，……（洪德〈題浮泥記壁〉）

——以上兩例乃以轉化及譬喻法來摹寫聽覺與視覺意象。

　　周覽諸山，或紺或蒼；覆盂者、委弁者，蛟而躍、獸而踞者，不可
　　殫狀。遠者，晴嵐上浮，若處子光艷溢出眉宇，未必有意，自然動
　　人。（鄧牧〈雪竇游記〉）

——此先以譬喻法來摹寫山狀，再以擬人化的譬喻來摹寫山嵐掩抑之狀。所謂「若處子光艷溢出眉于，未必有意，自然動人。不僅形狀、色彩畢現，山嵐飄遊的情態逸致也盡顯無遺，更可從而表達出作者閒逸的情思，著實少見。

　　二山江夾沙如觜，正射山壁，循壁少南山忽散去。地勢如衍，彌望
　　麵麥如雲，林藪沃澤，……其處平湖澄滑，水色紺碧，野竹臥影，
　　林深沒人，幽趣不容摹寫；余意謝康樂〈過舊墅詩〉所謂：「白雲抱
　　幽石，綠篠媚清漣」或者其在于此。（孫枝〈東山記〉）

——此先以譬喻、轉化來摹寫視覺意象，再以引用法勾勒出整體意象與境界，使得景緻更加繽紛而傳神。

　　除了表意的修辭外，句型結構也足以造成景物摹寫上的特殊效果，如對偶、排比、聲律節奏等。

（九）對偶與排比技巧

　　所謂「對偶」乃指語文中上下兩句，字數相等，句法相似，平仄相對的句子；而「排比」則是以結構相似的句法，接二連三地表出同範圍，同性質的意象；簡單的說，對偶的擴大，即是排比。

　　《文心雕龍・麗辭篇》說：「造化賦形，支體必雙；神理爲用，事不孤立。夫心生文辭，運裁百慮，高下相須，自然成對。」從自然界的對偶，到語言文辭的對偶，這固然是基於聯想與平衡的觀念，西漢語由於單音、平仄的特性，也造成了對偶語句的發達，即使在散文中亦然。此外排比是一種自然界和諧的反映，用排比法作文，最容易說得面面俱到，無懈可擊。然而對偶與排比必須出於自然的雕琢，若有因造作對詞，而不合文法或重出駢枝，就成了語病與累贅，此所以古文運動興起之因了。

　　宋代山水遊記中，排偶現象——尤其是排比情形極多，蓋爲了描述煥麗的山川景緻，自然不能捨棄排偶，然而也由於古文運動的影響，文人使用排

偶，大抵能因於自然，尤其到了南宋以後，排偶不但在量上大大銳減，且往往樸實不帶痕跡。例如：

> 皖水經其南，求塘出其左。前瞻城邑，則萬井瀰連；卻眺平陸，則三峰積翠。朱橋偃寒，倒影於清流，巨木輪囷，交陰於別島。（徐弦〈喬公亭記〉）

> 卞山當其西，如蒼龍蟠據，勢欲奮挺；太湖在其北，若元氣磅礴，浩無津涯。（胡宿〈題西余山寧化寺弄雲亭記〉）

> 鏡波藍浪，樑桴動搖，而見靚粧袖服之倒影，互爲散合；眾流放於荷葉浦，沈清浮淥，鳧鵠棲止，而綺荷文蓼之羅生，無有畔際。（葉適〈湖州勝賞樓記〉）

> 洲汀鳥嶼，向背離合；青樹碧漫，交羅蒙絡；小舟葉葉，縱橫進退。摘翠者菱，挽紅者蓮，舉者白魚……（王質〈遊東林山水記〉）

> 方是時，朝日初上，……佛螺妹眉，附地別出，則南峙之福地也；排天決雲，春嚼淮吳，則東浮之三濡也。（劉弇〈遊狠山記〉）

> 泉有滴珠，樹有木蓮；白鶴有臺，玉兔有蹤。中峰並美，平雲之觀；西岩翠壁，萬竹之境；皆山中勝處。（王惲〈百鶴山記〉）

——或單句排偶，或雙句排偶，或隔句排偶，或連續排偶；猶如八駿同馳，氣勢渾勻，造成了文章明快，均衡的節奏，以及映襯的效果。

（十）類疊技巧

類疊是指同一字詞語句反覆使用。它是建立於多數美的原則；由於有秩序的反複、重疊的出現，造成視覺上的固定刺激，同時由於音節規律地的反覆，形成聽覺上的節奏感，由此強調出所要表達的意念或意象。類疊有四種：類字、類句、疊字、疊句；而宋代山水遊記中，則以類字與疊字的運用爲主。例如：

> 見山之連者、峰者、岫者，給繹聯互。……傾崖怪壑，若奔、若鬭、若倚。（歐陽脩〈叢翠亭記〉）

> 其勢則崩撞衝激，乃始大肆，如奔星、如激矢、如驚鷗、如戲羊。……其飛流濺沫，如急雨、如飛雹；其窮而下者，如潑乳、如揮膏，是謂玉淵。（王質〈玉淵龍記〉）

　　　　至草筆峰，峰高數丈，……餘如屏如蠱、或插或倚，備極奇怪。
　　　　（周必大〈遊天平山錄〉）
——以上爲類字的運用。

　　　　大石側立，如畏獸奇鬼，森森欲搏人；而山上栖鶻，磔磔雲霄間。（蘇
　　　　軾〈石鐘山記〉）

　　　　憧憧然，環山多傑木，千千萬萬，若神官壯士……鏘然鏐然，趨而
　　　　中節者。……群山屬聯，呈露岡脊，矯矯剪剪，咸有意氣。（蔡襄〈記
　　　　徑山之遊〉）

　　　　溪流觸石曲折，有聲琅琅……登閣四望，雪月皎皎……（張栻〈遊
　　　　南嶽唱酬序〉）

　　　　若天峭壁擁地……清流疊疊，玄陰眈眈……原隰昀昀，此仙田也；
　　　　握拳撞擊，礐礐錚錚，此鐘鼓也。（王柏〈長嘯山遊記〉）

——以上爲疊字的運用。所以，董季堂〈修辭析論〉說：「複疊的好處是：用
在論說，能增加文章的氣勢，用在抒情，能給人一種情韻迴環，風致縣邈的
感覺，讀起來也就言有盡而意無窮了。

　　除了排偶、類疊的形式外，層遞法也是山水遊記常用的句法，例如張舜
民〈定平縣凝壽寺塑佛記〉所謂：

　　　　定平縣，山不如水，水不如寺，寺不如凝壽……

——按輕重比例，依序層層遞進，不但能導引心思前進，且於暗中做了比較，
而得到最後的旨趣，有映襯與強調的意味，唯此法於宋代山水遊記中，多於
破題時用，徐芹庭論破題技巧時，歸爲「比較法」，可參酌前節所述。

（十一）表達方法與優美形式的綜合運用

　　景物的摹寫，不僅在爲大自然「藻繪縟采」，並且要表達作者主觀觀照下
的整體意識，例如同是月夜：謝絳是「舍張燭，具豐饌醴酒……滿飲賦詩談
道，間以諧劇……」，東坡是「顧影頹然，不復甚寐」，秦觀則見「草木深鬱，
流水激激悲鳴」，而鄭志道、吳龍翰等人則有「飄然遺世獨立」之感……，可
見意象的表達是立體的，修辭也必然要注重各種修辭技巧的綜合運用。例如：

　　　　西走嶺嶠、南枕溪流，未詳遠近；觀乎傑出氛霭，勢凌霄漢，峭斷
　　　　穹壁，砑開石門，臨溪層巒萬仞，瀑布千尋，奔崖照日，望爲晴紅，
　　　　觸石乘風，散爲霧雨，天下之勝縣也。（李季貞〈石門洞記〉）

此段描述岩壁溪瀑之景觀，以四字一句，排比下來，氣勢一貫而簡潔，正如峭壁絕瀑般，輕快而鏗鏘有力；兼插以六字句，緩和剛屬之氣，形成明快與疏緩的節奏；同時，在表意方法，以動詞之擬人化，來摹寫溪瀑雲壁的視覺意象，使得溪瀑雲壁綴紅帶彩、景色紛麗，而遠近動態之姿，一目瞭然，生動逼真，真不愧是一幅立體的圖畫。這便是綜合修辭的運用技巧。

　　宋代山水遊記中，綜合修辭運用的技巧，達到高峰的，可以以范成大《吳船錄・岷山行紀》描寫「佛現」的一段：

> 復詣巖殿致禱，俄氛霧四起，混然一白，僧云「銀色世界」也。有頃，大雨傾注，氛霧辟易，僧云「洗巖雨也，佛將大現。」兜羅綿雲復布巖下，紛郁而上，將至巖數丈輒止，雲平如玉地，時雨點有餘飛，俯視巖腹，有大圓光，傴臥平雲之上，外暈三重，每重有青黃紅綠之色，光之正中，虛明凝湛，觀者各自見，其形現於虛明之處，毫釐無隱，一如對鏡，舉手動足，影皆隨形，而不見傍人，僧云「攝身光」也；此光既沒，前山風起雲馳，風雲之間，復出大圓相光。橫亙數山，盡諸異色，合集成采，峰巒草木皆鮮妍絢蒨，不可正視，雲霧既散，而此光獨明，人謂之「清現」，凡佛光欲現，必先布雲，所謂「兜羅綿世界」光相依雲而出，其不依雲，則謂之清現，極難得。食頃，光漸移過山，而西顧雷洞山上，復出一光，如前而差小，須臾，亦飛行過山外，至平野閒轉徙，得與巖正相得，色動俱變，遂為金橋，大略出吳江垂虹，而兩圮各有紫雲捧之，凡自午至未，雲物淨盡，謂之「收巖」，獨金橋現至西後始沒。（卷上六月丙申）

其維肖維妙與複雜的變化，又非前者所能比擬的，這也是摹景的散文修辭技巧至高度的發揮。

　　宋代山水遊記的摹景技巧，已漸漸走出了柳宗元遊記般清麗的風格；配合著整體文化的精緻氣息，與寫實主義的院派畫風，以極精微的觀察力，展現了宋代山水最絢麗而豐富的一面。另一方面散文技巧的大步提昇，無論在直接的視、聽、觸、味覺的摹寫，或間接的譬喻、轉化、夸飾、映襯等的運用，都達到了意象表達的純青境地；加以排偶、類疊、層遞等句型的設計，造成聲律節奏的張顯。如此，山水輕靈雄渾的變化與作者悲喜的情調，相互融合，使得宋代的山水益形含情而多變，為往後的中國山水文學，提供了更深一層的表現技巧。

二、寄興的表現

　　所謂寄興，即是在描寫物情、物貌中，呈現了作者的情感與思想。宋代山水遊記中，寄興的表現約有三種：或因景而抒情，或託山水以表明特殊意向，或借山水而說理。其中以借山水而說理，是爲宋代遊記最大的特色。而無論抒情、寄寓或說理，皆務必與山水情境相融合，清代學人王國維說：「境非獨謂景物也，喜怒哀樂，亦人心中之一境界，故能寫實景物、眞感情者，謂之有境界。」〔註9〕，此所以「文章唯能立意，方能造境」〔註10〕。情景交融的藝術境界，正是宋人極力追求的審美原則，與生活目標；同時也是個人附予山水的特殊情調與意象表徵。

　　寄興雖是主觀的情思反映，卻是因景物而觸起，因此，仍不能脫離景物的摹寫，是以前述諸種修辭法，均爲所用，此不復一一敘列。而說理寄興，往往發爲長篇議理，自成一局，可參考前第三章有關之敘述。至於抒情與寄寓，則往往相合爲一，互爲通轉流變。本段即專就宋人山水遊記中的抒情寄寓，作一介紹，從而舉出宋人對於某種特殊山水情境的喜好。

　　首先，宋人對於意境雕琢的特色是：輕描淡寫，不露痕跡，而餘意無窮。例如：

> 晚登秀江亭，澄波古木，使人得意於塵垢之外，蓋人間景幽兩奇絕耳！（黃庭堅〈書吳叔元亭壁〉）

> 登秋風亭，下臨江山，是日重陰微雪，天氣颼飀，復觀亭名，使人悵然，始有流落天涯之歎。（《入蜀記》卷六）

> 松江送客，入朧庵，夜登垂虹，霜月滿江，船不忍發，送者亦忘歸，遂泊橋下。（〈驂鸞錄〉）

以上三則，寥寥數語，而江亭秋瑟之景，令人悠然懷思，若裊裊餘音，繚耳不散。

> 離蜀都至滿嘉，則兩岸皆山矣，入夔州，則山忽陡高，無不摩雲者，自嘉以東，……又莫知其幾千里……至是回首西望，則杳然不復一點，惟蒼煙落日，雲平無際，有登高懷遠之歎而已！（《吳船錄》卷下）

〔註 9〕見於王國維：《人間詞話》。

〔註10〕見於周振甫：《林畏廬的文章論》，《國文月刊》上卷，頁 60，泰順書局，民國60 年。

此則長江自千巖萬壑中掙出，直落平原，其間景物之巨變，令觀者不覺「輕舟已過萬里山」！

> 寒猿喚曉，碧煙濛濛，棲雅催暮，紫霞漠漠，……何況山之蒼、水之碧，風又清、月又白，悄無人跡之地，以人間一年，比洞中一日，亦不爲過。憶！眞樂不足矣。至於人亦廬，廬亦人，與溪山相忘，與風月俱化，則有紅鸑青鳥白鶴之事……（朱熹〈雲谷記〉）

寫雲谷清幽之境，使人忘年、忘居，久而與風月俱化，此所謂「與造物者同遊」也！

至於其它寄興之意，則參考前第五章第二節（三）所述：這裡要強調的是：宋人對於夜遊——尤其是月夜的特殊情緻。

首先，蘇軾的山水遊記，便幾乎大半都是夜遊情境的，例如：

> 時去中秋不十日，秋潦方漲，水面千里，月出房心間，風露浩然。所居去江無十步，獨與兒子邁棹小舟至赤壁，西望武昌山谷，喬木蒼然，雲濤際天，因錄以寄參寥。（〈秦太虛題名記〉）

> 至莫夜月明，獨與邁乘舟至絕壁下。……士大夫終不肯以小舟泊絕壁之下，故莫能知。（〈石鐘山記〉）

> 是日六月，晦，無月，碇宿大海中，天水相接，是河滿天，起坐四顧，太息無何數乘此險也，已濟徐聞復厄於此乎？……嘆曰：天未欲使從是也，吾輩必濟己而果然。（〈記過合浦〉）

> ……遂與劉孝叔俱至松江，夜半，月出，置酒垂虹亭上，……海風架潮，平地丈餘，蕩盡無復子遺矣，追思曩時，眞一夢耳。（〈記遊松江〉）

> ……俛仰度數谷，至江心，月出，擊汰中流，掬弄珠璧，到家二鼓，復與過飲酒食餘甘煮菜，顧影頹然，不復甚寐。……（〈遊白水書付過〉）

此外若〈記承天夜遊〉、〈儋耳夜書〉、〈書上元夜遊〉、〈記遊松風亭〉等皆是。東坡在月夜中，不僅賞得美景，求證眞理；得到失意時的解脫與自慰，並且悟得了曠達的人生觀。同時在流離顛沛時，望月遊思，心與性俱明，空靈的意境。令人彷彿與造物者遊，無怪乎東坡特別喜愛月夜泛舟了。其他，如：

> 是夕，天宇開霽，林間月明，可數毛髮，遂棄舟從參寥杖策並湖而

行，出雷峰，……入靈石塢，得支徑，上風篁，憩龍井亭，酌泉據
石而飲之。自普寧經佛寺十，皆寂不聞人聲，……草木深鬱，流水
激激悲鳴，殆非人間有也。（秦觀〈龍井題名記〉）

……乃壁其後無所睹，獨夜臥其上，則枕席之下，終夕潺潺，久而
益悲，爲可愛耳。（朱熹〈百丈山記〉）

　　秦觀與朱熹的夜遊，描繪了一個幽深的景緻，然而在寂靜中，流不止的
溪水，帶出了一股淒涼的寒意，令人不覺宇宙之奧秘。

洞庭在焉，晚居閣上，觀晴霞橫帶千里，夜宿方丈，月照雪屋，寒
光射人，泉水隔窗，冷然通夕，恍不知此身踞千峰之上。

（張栻〈遊南嶽唱酬序〉）

遂留宿邀月……時夜過半，紙牎微明，疑曉光之何亟也。推牎一望，
月色皎然，竹影落澗，瑤光玉繩，繄落陸離於幽渺苴漏之間。起坐
久之，餐靈山之爽秀，吸顥氣之清英，如已飛化於蓬島之上。（王柏
〈長嘯山遊記〉）

予三人……上丹崖萬仞之顛，夜宿蓮花峰頂。霜月洗空，一碧萬里；
古梅談元、魯齋誦史、足庵歌遊仙招隱之章；少焉，吹纖笛賦新詩，
飄然有遺世獨立之興……踏月夜歸。（吳龍翰〈遊黃山記〉）

　　張栻等的描寫月夜，則帶著富麗的色彩，有若桃源境，令人恍然出塵。
表現了一種天地情緻，與人的歡欣，相互交融的情意。又：

是夕，宿頂上，會幾，望天無纖翳，萬里在目，子聰疑去月差近，
令人浩然絕世間慮，盤桓立清露下，……乃始即舍，張燭具豐饌醴
酒，五人者相與岸幘褫帶，環坐滿飲。賦詩談道，間以譴劇，不知
形體之累，利欲之萌也。（謝絳〈遊嵩山寄梅殿丞書〉）

九月望月……與詩人可久泛湖，時溶銀傍山，松檜參天，露下葉間，
蘿蘿有光。微風動，湖水滉漾與林葉相動。可久清癯，坐不勝寒，
索衣無所有，乃以空米囊覆其背；自謂平生得此無幾，因作詩以紀
之。（葉夢得〈夜遊西湖紀事〉）

此則表現了宋人夜遊情趣，亦反映了宋人追求灑逸的生活風味。

　　月夜固然有其雅趣，然而在萬籟俱寂中，偶而觸動的自然聲響，卻帶著
蕭瑟之氣，令人震懾，宋人對此尤為敏感入微，例如：

> 於時九月，天高露清，山空月明，仰視星斗皆光大，如適在人上。
> 窗間竹數十竿相摩戛，聲切切不已，竹間梅棕森然，如鬼離立突鬢
> 之狀，二三子又相顧魄動而不得寐……（晁補之〈新城遊北山記〉）

> 夜既深，山益高且近，森森欲下搏人，……春禽一兩聲，倏然使人
> 悵而驚也。……回曲宛轉，嘹亮激越，風露助之，其聲愈清，悽然
> 使人感而悲也。（王質〈遊東林山水記〉）

此所謂緣情而布境，以內心之悲樂為外在之歡慨了。

至於中秋佳月，固然美景當前，卻也平添了遊子思鄉之懷與浪遊之苦。
例如：

> 前一夕，月猶未極圓，蓋望正在是夕，空海萬頃，月如紫金盤，自
> 水中湧出，平生無此中秋也。（《入蜀記》卷四）

> 晚遂集南樓，……岷江自西南斜抱郡城東下，天無纖雲，月色奇甚，
> 江面如練，空水吞吐，平生所遇中秋佳月，似此夕亦有數況。……
> 向在桂林時，默數九年之間，九處見中秋，其間相去或萬里，不勝
> 飄泊之歎！……及徙成都兩秋，皆略見月，十二年間，十處見中秋。
> 去年嘗題數語於大慈樓上，今年又忽至此，通見十三年間，十一處
> 見中秋，亦可以謂之遊子；然余以病句骸骨，儻恩旨垂，允自此歸
> 田園，帶月荷鋤，得遂此生矣！（《吳船錄》卷下）

所謂一夜鄉心，此則另有一番感受。

事實上，任何景物都可以隨著作者的情思而造就出一番意境來；宋人在
帶著理學的陶養，藝術的浪漫，與山水為伍時，卻發現了月夜的神秘與美感，
進而對它產生了特殊的感情，蓋夜的幽靜，使人容易思考反省、存敬去非；
星月交輝，則使人意興遄飛。在月夜中，情景如水乳般交融而相生。因此，
就情感的觸動來說，月夜實較一般景緻更令人富於創作、發揮的聯想力，因
此，宋人在寄興的表現上，顯得特別富有哲理與生命力。

三、敘事的經營

在敘事方面，主要包括描寫行程、遊踪的登遊經驗，與風土人情、史聞傳
奇等；關於行程與旅遊所使用的時、空連繫情形，可參酌前節內容結構等部分，
因之本段重點置於有關登遊經驗的情節描寫，以及風土人情、史聞傳奇的內容
敘述，從而發掘，宋代山水遊記中，敘事內容的多采多姿與表現風格。

（一）登遊經驗的描述

宋人對於動態的旅遊經驗，描述極為用心，尤其是特殊的情境，例如描寫大風雪的經歷：

> 寒威薄人，呼酒舉數酌猶不勝，擁氈坐乃可支，須臾，雲氣出巖，復騰湧如飢餾過南嶺，為風所飄，空濛杳靄，頃刻不復見，是夜風大作，庚辰未曉，雪擊窗有聲，驚覺，將下山，寺僧亦謂石磴冰結，即不可步。（張栻〈遊南嶽唱酬序〉）

> 乃乘間冒微雪過之，時臘已窮矣，迂折行山峽中，兩旁壁立，溪水貫其下，多灘瀨，遵溪而行，峻厲悍激，與雪相亂……每聞谷中號聲，風輒自上下，雪橫至縈面，僕夫卻立，幾不得前。（葉夢得《仙都觀記》）

又如描述江峽中行船的景象：

> 是日便風，繫鼓挂帆而行，有兩大舟東下者，阻風泊浦漵，見之大怒，頓詬罵不已，舟人不答，但撫掌大笑，鳴鼓愈屬，作得意之狀，江行淹速常也，得風者矜，而阻風者怒。（《入蜀記》卷二）

> 至瞿唐口，水平如席，獨灩澦之頂，猶渦絞纏潏，舟拂其上以過，援艣者汗手死心，皆面無人色，蓋天下至險之地。行路極危之時，傍視皆神驚，余已在舟中，一切付自然不暇問，據胡牀坐招頭處，任其澾兀。每一舟入峽數里後，舟方敢繼發，水勢怒急，恐猝相遇，不可解析也。帥司遺卒，執旗次第立山之上，一舟平安則簸旗以招後船。（《吳船錄》卷下）

前則描述兩舟順航的經過，將順風者的得意與逆風者的無奈，利用鮮明的對比映襯出來，頗有一番趣味。而後則藉舟人旅客的形色動作，來描述舟行之險，所謂「一切付自然不暇問」，令人有不得不將生死置之外度。此外，如：

> 松溝溪二百餘步，地稍峻，泥如沙，欲流者數處，仆且起，亂石雲浮，煙嵐薄林，木片片欲斷，足相趾而進，不敢視，稍間斷，前足已遠，後者望前者如乘雲空中，遺影在地。（謝翱〈小鑪峰三瀑記〉）

此描述在深溪峻嶺中，緩步欲進的情況，所謂「足相趾而進，不敢視，稍間斷，前足已遠」，則泥濘斷崖之險可見，而「後者望前者，如乘雲空中，遺影在地」則襯托出煙嵐的深重；令讀亦不禁「如臨淵深，如覆薄冰」。

他如蘇軾〈石鐘山記〉描述驗證石鐘之經過，以及王柏、周必大、方鳳

等人的長篇遊記中，都有很精采的敘述，即如周必大《九華山錄》中：「……帥諸人下九華溪，踏石涉水以爲戲，葉尉體肥，獨墮水中。」短短穿插的描述，也有豐盛的情趣。

　　以上之敘述，可見宋人對於山水遊記，已由平面景物爲主的摹寫，走向兼重人物動作的描述，不惟增加了山水的生命情趣，也爲遊記帶來更多的趣味。

（二）風土人情的描述

　　風土人情的描述，主要是出現在長篇而旅遊空間較廣大的遊記中。配合著風土人情的描述，可使地方特殊色彩，更加突出。例如描寫蜀地獨特的交通工具：

> 將至青城，再度繩橋，每橋長百二十丈，分爲五架，橋之廣十二繩，排連之上，布竹笆，攢立大木數十於江沙中，輂石固其根，每數十木作一架，挂橋於半空，大風過之，掀群幡然大略，如漁人曬網，染家晾綵帛之狀，又須捨輿疾步，從容則震掉不可以，同行皆失色。
> （《吳船錄》卷上）

此以寫實的筆法，直摹繩橋之狀，以及渡橋之情景，形象簡潔而鮮明。

> 廟有馴鴉，客舟將來，則迓於數里之外，或直至縣下，船過亦送數里，人以餅餌擲空，鴉仰喙承取，不失一，士人謂之神鴉，亦謂之迎船鴉。（《吳船錄》卷下）

此則描述神鴉情況，活潑可愛。

> 過合路，居人繁夥，賣鮓者尤眾，道旁多軍中牧馬，運河水泛溢，高於近村地至數尺，兩岸皆車出積水。婦人兒童竭作，亦或用牛，婦人足踏水車，手猶績麻不置。過平望，遇大雨暴風，舟中盡溼，少頃，霽，止宿八尺，聞行舟有覆溺者。小舟叩舷賣魚，頗賤。……
> （《入蜀記》卷一）

> 遊江瀆北廟，……有溫泉，淺而不涸，一村賴之。婦人汲水，皆背負一金木盎，長二尺，下有三足，至泉旁，以杓挹水，及八分，即倒坐旁石，束盎背上而去。大抵峽山負物率著背，又多婦人。不獨水也，有婦人負酒賣，亦如負水狀，呼買之，長跪以獻；未嫁者，率爲同心髻，高二尺，插銀釵至六隻，後插大象牙梳，如手大。（《入蜀記》卷六）

以上描繪江岸物產及居民生活情景，尤其對於當地婦女的形象，從衣著、髮飾到動作，都有深刻的描寫，而用語樸質，富於寫實風味。

此外，如鄭剛中《中征道里記》、樓鑰《北行日錄》、范成大的《攬轡錄》等，對於江北生活情景，與胡人風俗習制，皆有豐富的摹寫。而無論敘述風土物產或描寫人物形象，其最大的特色便是「樸質而不失精確，簡括而不失形象」——此種對於人物、風情的刻劃能力，不僅顯現了宋代散文修辭技巧的高明，更顯示了宋代遊記作家，對於周遭人、事、物的關心，這也是宋代山水遊記所以能拓展的因素之一。

（三）史聞傳奇的描述

自謝靈運、陶淵明的山水田園詩開始，山林文學即走向客觀的寫景道上，然而，深山林壑、名勝古蹟，本來即是史聞傳奇的發源地；唐代柳宗元等人的遊記中，已偶涉之，到了宋代，隨著旅遊範圍的深入與拓大，以及宋人對於人文地理的探求，史聞傳奇也往往插敘於山水遊記中。加以宋代散文發達，話本流行，史聞傳奇成了最受歡迎的題材之一，出身民間的宋代文人，耳濡目染自然極多，甚至在寫作技巧上，也感染了小說筆法的特色，與前代的風格，頗有差異。例如：

> 岸次忽遇乞者，年十七、八，目瑩而唇朱，光彩可掬，劉怪而問之，異人曰：吾賣豆，每粒一貫二百文足。劉曰：吾適無錢，止有所衣棉襖，聊以當之，如何？固可也，容取豆，即以紙一幅，於兩乳間擦摩三轉，有烏豆數粒出，取一粒與劉，其餘擲汴水中，劉欲吞之，乞曰：未也。又以紙擦摩胸腋間，復有菉豆數粒出，又取一粒與劉，其餘擲水中，劉即吞二粒畢，與所許物，乞人笑而不取。劉始病蠱，不能下食，即食如初而益多，今劉面色如丹，然一歲一發，渴飲水數斗，覺二豆腹中如棗大。乞人曰：後某年復相見於淮西，不知如何也？（張舜民《彬行錄》）

> 瓦棺閣……南唐後主時，朝庭遺武人魏來史，南唐意其不能文，即晏於是閣，因求賦詩，丕攬筆成篇，末句云「莫教雷雨損基局」，後主君臣皆失色。及南唐之亡，為吳越兵所焚。國朝承平二百餘年，金陵為太府，寺觀競以嵩飾土木為事，然閣不能復。（《入蜀記》卷二）等等。

此外，尚有許多零星的載記，如：

> 宿神居山之悟空寺，神居高不踰三四引……旁占數墟，俗呼土出，
> 或曰昔老姥煉丹於此，功成仙去，今寺有石藥臼者，乃其遺物也。（秦
> 觀〈遊湯泉記〉）

> 其洞曰委羽，父老相傳：數十年前，常有青衣童子戲洞口，居人以
> 滓穢溷之，童子忽不見。（謝伋〈委羽山觀記〉）

以上無論是史蹟或傳聞，皆有極強烈的故事性，配合著確切的時間、地點，以及逼真的人物塑造，使得讀者在虛實之間，難以明辨，至於史事之敘，則更含有警惕的意味。而由於敘述的完整，甚至將之摘取，都可獨立成篇。

在整個敘述的經營中，表現了幾個特點：

1. 言語準確。
2. 寫形傳神。
3. 情節生動。

由於言語準確，不但容易將客觀的事物，恰如其分的表現出來，而且有助於典型的塑造與形象的傳達。傳神的寫形技巧，則在於透過人物的表情、動作，乃至聲音、言語，使得內在情狀隨著外在形狀，表露出來，所謂「象物必在於形似」而「氣韻不周，空陳形式」（註11）正是此意。有了精確的言語來概括形象，又有傳神的技巧來表達神思，則人物已躍躍而出，再加以情節敘述的生動、明晰，虛實相間法的運用，使得故事性增強，小說風味於是顯現了——至此，宋代山水遊記實已踏近了小說化的綜合文學色彩。

第三節　結論

宋代山水遊記的形式結構與修辭技巧，是我國山水遊記在表現法上的一大進展。就形式來說，已包含了一般雜記、日記、書信、序跋、題名等，且篇幅變化更由幾十字的小品到上萬言的長篇巨製，質與量皆頗為可觀。就結構來說，靈活的運用各種破題法以及段落佈局和連繫方式，使得全文結構達到了文有所依、窮形盡式的境界。

至於修辭技巧，則準確而豐富的表意詞彙、鮮活而變化的語法，與節奏明朗而型式優美的句型，使得山水遊記在寫景方面，能盡其精微的刻繪；在

〔註11〕見於唐代張彥遠：《畫論六法》。

抒情寄興方面，能盡其情致的雕琢；在敘事方面，能盡其準確的描述；而共同達成一幅驚心動魄的藝術圖畫。不僅提高了遊記本身的成就，更爲散文的寫作技巧，增添了無限光輝。

第七章　宋代山水遊記的成就及對後代作品的影響

　　清代羅惇融曾說：「文學由簡而趨繁，由疏而趨密，由樸而趨華，自然之理也。〔註1〕宋代山水遊記正是此種典型的發展。從魏晉六朝的書札小品，經唐代元、柳的小品遊記，到宋代多采繽紛的山水遊記，不僅在形式、內容、修辭各方面的表現技巧，有了長足的進步，甚至在精神內涵上，也有了新的境界。自此山水遊記日益發達而普遍，下至明清，乃迄現在，成了文人表達思想，閒情寄趣，乃至記行備忘的常用文學型式。本章就其藝術成就，精神特質，以及文學史上的貢獻與影響，來說明宋代山水遊記在文學的發展所呈現的特色。

第一節　宋代山水遊記的藝術成就

　　宋代山水遊記的藝術成就，最主要可分為三項來說明：

（一）題材範圍的拓展

　　此點可以從「山水」義界的演變窺得之。魏晉六朝時，無論山水詩，或者帶有駢體的山水書札小品，其中的山水，指的乃是自然界的景物——山川樹石、風雲鳥獸等，題材雖繁富，可「寓目輒書」（《詩品，上品謝靈運》），然而大抵不出「連峰競千仞，背流各百里」（謝靈運〈會吟行〉）、「朔風吹飛雨，蕭條江上來」（謝朓〈觀朝雨〉），或者「輕鴻戲江潭，孤雁集洲沚」（鮑

〔註 1〕 見於《中國近代論文選》，《文學源流總論》。

照〈贈傳都曹別〉）的自然形態；到了唐代，雖以散文取代詩與駢文，而創山水遊記，然而，所謂「山水」的重點，依照是放在自然景觀上，最著名的柳宗元《永州八記》即是。

至於宋代，一則社會經濟繁榮，各種工藝、美術、園林建築的勃興，在內容與創作理論上，給予文人深刻的刺激與啓發；二則精緻文化的細膩表現與寫實主義的精確作風，使得文人養成對周遭事物，極高度的觀察力；三則由於散文技法的成熟，文人對文字的駕馭能力超乎前代。因此，文人在旅遊之際，不僅仔細觀賞自然風光，同時對所處環境的事物，也十分關切，使得眼界大爲開展，寓目成書，於是人文景緻不得不盡入於山水中。此所以宋代山水遊記題材範圍的拓展，山水遊記至於，在題材方面，可以說已達到了無所不包的境地。

（二）形式結構的完成

魏晉六朝時的散文遊記，尚屬雛型，其中最著名的，是文人往來，敘山水的書札小品，此外便是如〈蘭亭集序〉一類的序文；在內容結構上，大抵與當時的山水詩差不多，所謂「出發——敘景——興感」的模式，至於酈道元的《水經注》和楊衒之的《洛陽伽藍記》，雖爲長篇遊記之始，然而一則數量少，二則非純遊記，影響未及；因此，就形式結構來看，魏晉六朝時期的散文遊記，尚有待發展。

唐代山水遊記，初仍以序爲主，不脫六朝風格形式；而小品遊記，起自古文運動後，已頗有「夾議夾敘」的趨勢。迄於宋代，除了承襲前者外，由於書畫的發達，題跋極爲流行，甚至山水名勝處，亦有刻名題跋的。於是，此類的山水題跋，便成了遊記中一項特殊的形式，若蘇軾、黃庭堅便是此間泰斗，此外，日記體山水遊記的出現，更是一項重大突破；因爲日記體打破了一般文章的形式結構，使得內容可恣意發揮，篇幅可以伸縮自如，而不害於全文的深勢，對於山水遊記的拓展，有不可沒之功。另外，在佈局安排上，各種破題法、段落結構與時空繫法的靈活運用，也打破了六朝以來「出發——敘景——寄興」的固定形式。

宋代不僅在形式結構上，有多種突破，且各類作品的質與量，皆頗有可觀，足以造成風氣；即使後代的山水遊記也難超出其範圍，因此說宋代是山水遊記形式結構的完成。

（三）表現技巧的成熟

這裡的表現技巧，主要包括摹景、抒情寄興與敘事三方面而言。

魏晉六朝的散文書札小品，雖然敘景頗為工麗，然而因駢儷之風，往往刻意排偶，有夸飾過度之嫌，此乃文風之蔽，固不得歸咎於文人。而唐代山水遊記，用詞清麗，已為歷代文家所稱道，然而限於篇幅，未能完全發揮詳委、精細的大規模寫實技巧。直到宋代，由於時代社會，種種的影響，散文技巧徹底的發揮，在景物摹景方面，呈現了兩大特色：

1. 描寫精微，各種觀感經驗，繁複而錯綜。

2. 善用譬喻、轉化、映襯等各種修辭方法，使景物立體化。

此外，類疊、排偶等句型的設計，在聲韻節奏上，也造成了豐富的美感效果。可以說，在摹景方面，宋代山水遊記的表現技巧，已臻於極致。

在抒情興理方面，自六朝以來，竟境的講求，已成了中國文學藝術上的審美標準；宋代由於禪學的興起與儒學的復興，尤其重視氣韻神似。然而六朝的意境，是歌頌出世者的隱逸情調；宋人的意境，卻是一種因於生活體驗，通過宇宙、心性與自覺的反省而完成的〔註2〕，在境界上更上了一層。另一方面，六朝的山水文學，雖然也頗言理，然所悟之理，卻多屬於玄學色彩；直到唐代古文運動後，元、柳的山水遊記，才漸漸顯露出對實際人生的關懷。至於宋代，人文精神濃盛，上自宇宙，下至日常人生，無不充滿了思辨的反省，使得山水遊記知性色彩更加濃厚。而無論感性的抒情或理性的興理，在借著山水而抒發時，都必須出自於自然而無造作之痕跡，由此，造成了宋代山水遊記的兩大特色：

1. 夾議夾敘，設理而備情，兼具了知性與感性的色彩。

2. 意境高妙而充滿哲學意味。

其三，在敘事方面，一則由於宋人對周遭人文現象的關切，一則由於地理志的發達與話本小說的流行，使得文人在記遊時，自然而然的將其地之風

〔註 2〕李澤厚《美的歷程》中說：「六朝門閥時代的『隱逸』，基本上是一種政治性的退避，宋元時代的『隱逸』，則是一種社會性的退避，它們的內容和意界有廣狹的不同（前者狹而後者廣）。從而與他們的隱逸生活直接相關的山水詩畫的藝術趣味和審美觀念，也有深淺的區別（前者淺而後者深）……丘山溪壑、野店深居，成了他們（宋人）……一種情感上的回憶和追求……這正是為何山水畫不成熟於莊園經濟盛行的六朝，卻反而成熟于城市生活相當發達的宋代的原故。」，頁 169。

土傳聞，插敘其中；同時在寫作技巧上，擺脫了「敘述說明」的簡單方式，而更加注重形象的刻畫與細節的舖敘，使得宋代山水遊記再呈現了兩個特色：

1. 故事性強
2. 小說風味的筆法

這也是宋代以前，遊記中所少見的。以上從內容題材、形式結構與表現技巧三方面來看，宋代山水遊記的藝術成就，實已不容否定，無怪乎余光中在談到遊記文學的發展時，說：「遊記文章到宋代才有恢弘規模。」實則不僅規模恢弘，已可謂是整個山水遊定的完成。

第二節　宋代山水遊記的精神特質

關於宋代山水遊記的精神特質，主要是源於儒家，而兼融以釋道之說，歸納言之，有下列兩項：

（一）繼承儒家積極、言志的文學傳統，發揮深切的社會關情

從中唐起，儒家走向復興之路，文人們已開始留心實際民生；宋代科舉出身的仕人，多來自農村，自然更關懷社會民生，他們在政治上成就了驚天動地的一番事業後，往往帶著成功身退的平澹，再歸回農村，無形中，便將儒家對於自然的態度與啓發帶回自然，成了宋儒山水觀的基本精神，其中最顯著的，在修身處事方面有：

1.「仁者樂山，智者樂水」的至善境界。
2.「天行健君子以自強不息」的學習態度。
3.「登泰山而小天下」的謙虛襟懷。
4.「逝者如斯，不舍晝夜」、「源泉滾滾，盈科而後進」的流水精神，與警惕意味。
5.「歲寒然後知松柏之後凋」的高亢士節。

其次，儒家的政治倫理的影響：

6.「先憂後樂」的時代精神。
7.「與民同樂」的政治理想。
8.「庶、富、教」的吏治目標。

這些便是儒學精神的實踐，借山水遊記流露出儒者的懷抱，以及悲天憫人，仁人愛物的情操，感物抒興，引發文章領域的伸展。

（二）吸收釋道對心性修為的體認，以及思辨反省的能力，而創造其獨特的山水境界

　　新儒家為了建立一個以儒家道統為根源的本位文化，融合了釋道的邏輯思辨方法和宇宙心性的理論；同時此時的佛教——禪宗，也正脫離了宗教的本來面目，而走向與儒學相同的「盡心知性。盡性知天」的修為功夫上。如此，帶著儒家日常的實踐精神，去追求明心見性、無我無形的精微世界，終於導向了對於「意境」的追尋。不僅在文學、藝術上如此，甚至在日用人生上亦然，一方面要求實用，一方面要求不事雕琢的自然風貌；此種精神的發揮，使得文人對於山水，產生了新的體會，要求自身與自然合為一體，希望從自然中領悟人生，來擺脫人事對心性的羈縻。如郭熙《林泉高致》所說：

> 然而林泉之志，烟霞之侶，夢寐在焉，……坐窮泉壑，猿聲鳥啼，
>
> 依約在耳，山光水色，滉漾奪目，此豈不快人意，實獲我心哉！

總之，宋代山水遊記的根本特質，便是在積極實踐後的一種燦爛的平澹——這種精神特質不只存在士大夫身上，更普遍的發生在文人，甚至一般人民的身上；這不惟是新儒學的理想境界，更具有崇高而積極的人生意義。

第三節　宋代山水遊記對後代的啓示與影響

（一）啟發明人遊記，作有系統、有計畫的長篇日記體遊記

　　前述長篇日記體遊記，是山水遊記的一項重大突破，尤以陸游的《入蜀記》與范成大《石湖紀行三錄》中的《吳船錄》，最為人所稱道。事則早在北宋神宗時，張舜民即有類似的《彬行錄》之作，對於各種山光水色、風土古蹟，都有精采的描述，惟風格較清麗典雅。其餘的日記遊記，幾乎都集中於南宋，周必大、呂祖謙、王柏、方鳳、謝翱、鄧牧等，都有佳作；至於鄭剛中的《西征道里記》、樓鑰的《北行知錄》等，則描述旅職所歷城鎮風光，介於備忘錄與遊記之間。自此以後，長篇日記遊記便日益增多。

　　到了明代徐宏祖的《徐霞客遊記》，可以說是集大成的經典之作；他一生馳騖於華北、華東、東南沿海及雲貴高原數萬里，費時三十年，凡有名勝之區，無不披奇抉奧，一山一水，亦必尋其源而探其脈；沿革方隅，土宜物異，皆一一加誌記，不僅繼承了山水遊記的文學價值，同時也具備了地理志的功

用，對於我國山脈河流的源考，有巨大貢獻〔註3〕。

從陸游、范成大江長流域的旅遊，到徐宏祖中南半壁的探尋，雖然在規模上又擴大了不少，然而二者先後發展的關係，猶可窺見焉。

（二）山水題跋與小品遊記，對晚明山水小品的影響

宋代的文學界，基本上以「載道」及議論的古文爲正統散文，然而由於宋代是個文治的朝代，藝術文化發達，加上佛學禪宗的影響，文人生活也趨於風雅，文字上載道氣味較薄，同時漸漸講究文彩和情態，尤以歐蘇的古文爲然；再則，當時筆記雜著、尺牘、日記、題跋……等的短文也頗爲流行；其中最著名的爲蘇軾、黃庭堅的小品〔註4〕，在這些小品雜記中，山水遊記數量頗多，對晚明山水小品產生了相當的影響，如公安、竟陵二派，雖以擅長小品見稱，但其精心傑構，僅見於遊記之作；張岱便曾以「靈動俊快」四字，贊譽袁中郎爲記山水的「名手」。此外，山水題跋的短小靈巧，情意雋永，更開創了晚明小品作家寫作題跋的風氣。

東坡、山谷不僅在寫作上，充分表現出「小品」所特有的優閒雅緻的情態，在思想及生活方面，與晚明的山人名士，亦頗接近，對於遊賞山水的情調與意趣，更有相通之處，如晚明小品聖手──張岱的《湖心小記》：

> 崇禎五年十二月，余在西湖，大雪三日，湖中人鳥聲俱絕。是日，更定矣，余挐一小舟，擁毳衣爐火，獨往湖心亭看雪，霧淞沆碭，天與雲與山與水，上下一白，湖上影子，惟長堤一痕，湖心亭一點，與余舟一芥，舟中人兩三粒而已。到亭上，有兩人鋪氈對坐，一童子燒酒罐正沸。見余，大驚，喜曰：「湖上焉得更有此人！」，拉與同飲，余強飲三大白而別。……及下船、舟子喃喃曰：「莫說相公癡，更有癡似相公者。」

觀張氏之作，落筆自然成韻，而其夜遊之興味，與東坡實不稍異耳！

山水題跋與小品遊記，在宋代文壇雖普遍程度遠不及載道議論的散文以及詞，甚至蘇黃二人對於此類小品，也視爲消遣性質的遊戲文章而已，然而

〔註3〕　參見劉虎如：《徐霞客遊記序》。商務印書館。
〔註4〕　例如蘇黃的尺牘。陳仁錫在《尺牘奇賞》卷首說：「尺牘唯蘇黃二公最佳，自然大雅。」清初周亮工在他編的《尺牘選集》「結鄰業」的凡例中說：「東坡居士，時通噴飯之箋，山谷老人，數見解頤之牘。兩公高致，千載宛然」，以上見於陳少棠《晚明小品論析》第五章，源流出版社。──實則不僅尺牘，長它短文亦然。

此股伏流，卻在晚明文人手中，大放異彩，終於造成一股文潮，影響了整個時代文風，到了清代、甚至今日，餘韻猶存。

（三）敘事生動、富於情節描述，影響清代以遊記為小說的雛型

宋代山水遊記——尤其是南宋的長篇遊記，夾議夾敘，不僅注重思想的表達，且描述遊踪，各種風土傳聞，極為仔細，情節性強，帶有濃厚的小說意味，此種山水遊記實已脫離了魏晉六朝、唐代以來，以摹寫為主的風貌。到了清代劉鶚的《老殘遊記》，以遊記為名，敘述其行醫各地的所見所聞，借以描寫當日政治民生社會的實況，而表達其「身世之感情，家國之感情，宗教之感情」（《老殘遊記自序》），其中自然也包括了景緻的摹寫，如大明湖風景、桃花山月夜、黃河的冰雪等，皆能一掃陳語濫調，獨出心裁，而為人所不及。而以之與南宋日記體遊記相比較，則：

1. 形式結構一致——同為日記體遊記，結構不嚴謹。

2. 內容相似而有所偏重——南宋遊記仍以記遊為主，無統一的中心思想；《老殘遊記》則以記遊為名，主在揭露清末政治社會的蔽端，有統一的思想主題。

清代小說極為發達，然而以遊記為小說，《老殘遊記》卻是唯一的成就，觀宋代日記遊記的內容與風格，則或為其雛型。

第八章　總　結

　　山水到了宋代，已成為人們實際生活與心靈所模仿、嚮往的對象，無論在文學、藝術、建築、器用各方面，都顯現了取自於山水的人文精神傾向；然而，在這一片「山水文化」的潮流中，山水詩、畫、園林建築、工藝美術等，都顯著地成了學者研究的對象，惟獨以兼宋代文學主流——散文，以及人文精神主澈——山水的山水遊記，卻仍猶璞玉般的隱於粗礫中，而為唐代柳宗元與明代徐霞客及晚明諸小品家所取代，是以如何重新彰顯其成就與價值，實刻不容緩，此所以緒論所言：研究之動機與目的。

　　宋代山水遊記多重風貌與體式，絕非僅止於自創，或單單源於六朝唐五代，即可一蹴就至，必須有傳統的承傳與啓發，以及自身的轉變與開展。因此本文於次章中，首先介紹歷來山水文學的發展，及其所以發展的文化淵源；次則因宋代山水遊記的異質表現，討論其所以開展的原因，這裡提出了「山水內涵與精神的轉變」、「文藝創作尺度與批評標準的改變」兩項因素，蓋前者建立了宋人新的山水觀，而後者則提供了宋人對於審美原則的標準，間接引導了山水遊記的表現技巧與方向，對於宋代山水遊記的拓展與開創，有極大的潛在因素。

　　另一方面，政治因素的變遷，往往是影響一個時代各種現象最顯著的原因。宋代的科舉文治，導至平民士大夫的掘起，儒學復興，而社會風氣為之一振，氣節的講求與儒家政治倫理的實踐精神，使得文人山水觀，一轉六朝唐代以來的綺靡與消沈，而呈現出積極的社會關情，配合著政治上儒家的政治倫理觀，古文運動與理學思潮遂相並而起，文學的重點移到散文，文學的內容也移向了現實人生。此外，新儒家學者帶著「萬物一體」、「民吾同胞、

物吾與也」的清明理智與宗教熱忱,將學術文化滲透到社會下層,加以經濟
發達、印刷術的普遍,更使得文化大流而益愈泛濫,山水文學也感染了精緻
文化的色彩。

同時,為了調和過於重視理性的知性色彩,色人對於美的追求特別用心,
此時禪學靜觀自悟的人生官也同樣對藝術起了影響作用,於是宋人一方面以
精密寫實的描寫,將事物形象忠實地表現出來,一方面以靜觀的態度,發掘
其背後所藏的整個大生命;在當寫實主義的描寫,不如自己胸中的意思或映
像時,個性與思想便會超越形象,而跳躍出來,此即為個人意境的呈現,繪
畫藝往固然,文學亦然,此所以宋代文學藝術的表現技巧,主流思潮與審美
觀,對於山水遊記產生的影響。

綜合政治、文學、思想、藝術各方面的背景與成就,才能使我們了解宋
人的生命情調,進而解釋宋人山水遊記內的(精神內涵)、外(技巧表現)特
質,也正如第三章結論所言:「鬱鬱乎文哉」是為宋代文化典型的最佳寫照。

探討了宋代山水遊記的外緣因素,接著便要了解其發展以及發展特色。

無疑的,宋代山水遊記的發展,與時代息息相關。北宋山水遊記諸家,
大都為古文家。其中尤以蘇軾作品最多,然而由於蘇軾獨特的生命特質,反
而不能代表北宋山水遊記的普遍情況;大抵而言,此時山水遊記在精神內涵
上,是直承新儒家入世的人文精神,不但感情強烈,且善於議論,哲理味濃。
在形式上,則多為獨立的短篇雜文;至於蘇、黃的山水題跋,簡短雋永,是
另一種與文人畫風相結合的發展。到了北宋末期,山水遊記在景物摹寫上漸
趨細微,篇幅上也愈益增長,同時載道之氣削減,山水遊記已稍露轉變之跡。

南宋山水遊記,因南渡後地理環境的變遷,改變極大。由陸游、范成大、
周必大等人的長篇日記體遊記領籌,開創了山水遊記在內容、形式結構與表
現技巧上的新風貌;寫實主義的風格與特色,在此完全發揮。此外,南宋理
學家,如朱熹、呂祖謙、張栻等人,也由於散文技巧的卓越,在山水遊記方
面也有不凡的成績。至於遺民時期的作品,在寫作技巧方面,基本上承襲於
南宋,而情感上則趨於含蓄,且由於限隱深山,仙道傳奇意味更加濃厚。

由兩宋山水遊記的發展,已隱然可見其內容題材,形式結構及修辭技巧
的成就。

在題材上,包括自然地理與人文地理,在內容上則為人事活動與此二者
的交織。至於形式結構則因應內容與篇幅規模而變化;修辭技巧則通過各種

直接，間接的表意法及排偶、類疊等句型的設計，來摹寫景物、抒情寄興與敘事記聞。總之，其藝術成就在於：一則題材的拓展，二則形式結構的完成，三則表現技巧的成熟。

至於其於後代山水遊記的影響。則可舉者三：一為啓徐霞客遊記類的長篇日記體遊記；二則開創晚明小品的先峰；三為奠定清代《老殘遊記》式小說體裁的雛型。至此，對於宋代山水遊記的研究，暫具模型。

最後對於宋代山水遊記的評價，除了前述文學史上的成就外，尚可提出二點：

1. 人文精神的重建。
2. 山水文化的樂成。

總之，文學的工作，是發揚關懷的心情，去思索社會問題，同時提供樂觀而積極的人生啓示；這樣才不致有著太多自瀆式的閒愁與感傷，以及太多不合理的飄逸與瀟灑，而游離於現實人生之外。

參考文獻舉要

1. 《徐騎省集》，北宋徐弦，商務國學基本叢書。
2. 《小蓄集》，北宋王禹偁，商務四部叢書。
3. 《范文正公集》，北宋范仲淹，商務國學基本叢書。
4. 《文恭集》，北宋胡宿，藝文叢書万成聚珍版叢書。
5. 《宛陵集》，北宋梅聖喻，中國四部備要。
6. 《歐陽文忠公集》，北宋歐陽脩，商務國學基本叢書。
7. 《蘇舜卿集》，北宋蘇舜卿，河洛夏學叢書。
8. 《元豐類藁》，北宋曾鞏，中華四部備要。
9. 《司馬文正公集》，北宋司馬光，商務國學基本叢書。
10. 《蘇洵集》，北宋蘇洵，河洛夏學叢書。
11. 《王安石全集》，北宋王安石，河洛夏學叢書。
12. 《蘇東坡全集》，北宋蘇軾，河洛夏學叢書。
13. 《東坡先生志林集》，北宋蘇軾，藝文叢書集成百川學海。
14. 《蘇轍集》，北宋蘇轍，河洛夏學叢書。
15. 《進海集》，北宋秦觀，商務國學基本叢書。
16. 《忠簡公集》，北宋宗澤，藝文業書集成金華叢書。
17. 《道鄉先生文集》，北宋鄒浩，漢華宋名家集彙刊。
18. 《浮溪集》，北宋汪藻，藝文叢書集成聚珍版叢書。
19. 《洛陽名園記》，北宋李格非，藝文叢書集成古今逸史。
20. 《北山文集》，南宋鄭剛中，藝文叢書集成金華叢書。
21. 《梅溪先生文集》，南宋王十朋，商務四部叢刊。
22. 《南澗甲乙稿》，南宋韓元吉，藝文叢書集成聚珍版叢書。

23. 《渭南文集》，南宋陸游，商務國學基本叢書。

24. 《吳船錄》，南宋范成大，藝文叢書集成知不足齋叢書。

25. 《攬轡錄錄》，南宋范成大，藝文叢書集成知不足齋叢書。

26. 《驂鸞錄》，南宋范成大，藝文叢書集成知不足齋叢書。

27. 《桂海虞衡記》，南宋范成大，藝文叢書集成古今逸史。

28. 《雪山集》，南宋王質，藝文叢書集成聚珍版叢書。

29. 《悔庵先生朱文公文集》，南宋朱熹，光復書局。

30. 《南軒文集》，南宋張栻，廣學社。

31. 《鄂州小集》，南宋羅願，藝文叢書集成夏雅堂叢書。

32. 《呂東萊文集》，南宋呂祖謙，商務國學基本叢書。

33. 《臥遊錄》，內宋呂祖謙，藝文叢書集成寶顏堂秘笈。

34. 《攻媿集》，南宋樓鑰，商務四部叢刊。

35. 《龍川文集》，南宋陳亮，中華四部備要。

36. 《葉適集》，南宋葉適，河洛中國哲學叢書。

37. 《真西山文集》，南宋真德秀，商務國學基本叢書。

38. 《魯齋集》，南宋王柏，藝文叢書集成金華叢書。

39. 《遊宦紀聞》，南宋張世南，藝文叢書集成知不足齋叢書。

40. 《遊城南記》，南宋張世南，藝文叢書集成寶顏堂秘笈。

41. 《文山先生全集》，南宋文天祥，商務國學基本叢書。

42. 《鄭所南先生文集》，南宋鄭思肖，藝文叢書集成知不足齋叢書。

43. 《霽山集》，南宋林景熙，藝文叢書集成知不足齋叢書。

44. 《熊勿軒先生文集》，南宋熊禾，，藝文叢書集成正誼堂叢書。

45. 《伯牙琴》，南宋鄧牧，藝文叢書集成知不足齋叢書。

46. 《盧山記略》，南宋釋惠遠，藝文叢書集成守山閣叢書。

47. 《嚴陵集》，宋代董棻編，藝文叢書集成聚珍版叢書。

48. 《東京夢華錄》，北宋孟元老，藝文叢書集成學津討原。

49. 《丘陽風土記》，北宋范致明，藝文叢書集成古今逸史。

50. 《夢梁錄》，北宋吳自牧，藝文叢書集成學津討原。

51. 《齊東野語》，南宋呂祖謙，藝文叢書集成學津討原。

52. 《賞心樂事》，宋代張鑑，，藝文叢書集成學海類編。

53. 《天台山記》，唐代徐靈府，藝文叢書集成古逸叢書。

54. 《水經注》，北魏酈道元，商務四部叢刊。

55. 《洛陽伽藍記》，北魏楊衒之，藝文叢書集成津逮秘書。

56. 《徐霞客遊記》，明代徐宏祖，商務人人文庫。

57. 《晚明二十家小品》，廣文書局。

58. 《古今圖書集成·方輿彙編山川典》，陳夢雷編，鼎文書局。

59. 《宋人題跋上下》，世界書局。

60. 《宋文鑑》，南宋呂祖謙，商務國學基本叢書。

61. 《宋文彙》，近人高明編，中華書局。

62. 《文選》，梁朝蕭統編，藝文印書館。

63. 《全上古三代秦漢六朝文》，清代嚴可均編，世界書局。

64. 《漢魏六朝百三家集》，清代張溥編，新興書局。

65. 《六朝文絜箋注》，許評選，學海出版社。

66. 《文苑英華》，宋代李昉棟，新文豐出版社。

67. 《古文辭類纂》，清代姚鼐編，世界書局。

68. 《經史百家雜鈔》，清代曾國藩編，中華四部備要。

69. 《古文觀止》，清代吳楚材編，中華書局。

70. 《論語》，十三經注疏本，藝文印書館。

71. 《孟子》，十三經注釋本，藝文印書館。

72. 《詩經》，十三經注釋本，藝文印書館。

73. 《四書集注》，南宋朱熹，世界書局。

74. 《論語譯注》，近人楊伯峻，源流出版社。

75. 《詩經詮釋》，近人屈萬里，聯經出版社。

76. 《楚辭集注》，東漢王逸，世界書局。

77. 《莊子集釋》，近人郭慶藩，河洛出版社。

78. 《宋史》，元代脫脫，鼎文書局廿五史點校本

79. 《宋史》，近人方豪，文化大學出版社。

80. 《國史大綱》，近人錢穆，商務印書館。

81. 《中國通史》，近人傅樂成，大中圖書公司。

82. 《宋史研究論叢》，近人宋晞編，華岡出版社。

83. 《宋史研究集》，中央圖書館，中華業書編審委員會。

84. 《宋史研究論集第三輯》，近人王毅編，鼎文書局。

85. 《宋論》，清代王夫之，里仁書局。

86. 《唐宋八大家評傳》，近人張僕民，學生書局。

87.《中國文化史》，清代柳詒徵，正中書局。

88.《中國文化史導論》，近人錢穆，正中書局。

89.《宋代人物與風氣》，近人祈夢庵，商務印書館。

90.《宋代兩京市民生活》，近人龐德新，香港龍門書店。

91.《中國哲學史》，近人勞思光，未著名出版社。

92.《中國哲學思想論集總論篇》，近人胡適等，牧童出版社。

93.《中國哲學思想論集宋明篇》，近人錢穆等，牧童出版社。

94.《宋明理學概述》，近人錢穆，學生書局。

95.《中國哲學的特質》，近人牟宗三，學生書局。

96.《中國文學發展史》，近人劉大杰，古文書局。

97.《中國文學史初稿》，邱師燮友等，福記山版社。

98.《中國文學源流》，近半胡毓寰，商務印書館。

99.《中文文學批評史》，近人郭紹虞，明倫書局。

100.《中國文學論集》，近人徐復觀，學生書局。

101.《中國文學論》，近人程兆熊，大林出版社。

102.《中國文學述論》，近人周紹賢，商務印書館。

103.《中文章學概論》，近人張壽康，未著名出版社。

104.《散文發微》，近人張定華，華岡出版社。

105.《中國散文史》，近人張柱，商務印書館。

106.《中國駢文論》，近人瞿兌之，清流出版社。

107.《文心雕龍注釋》，六朝劉勰注，近人周振浦注，里仁書局。

108.《文則》，南宋陳騤，藝文叢書集成寶顏堂秘笈。

109.《人間詞話》，清代王國維，開明書店。

110.《文體論》，清代薛鳳昌，商務人人文庫。

111.《文體明辨》，明代徐師曾，中文出版社。

112.《修辭學》，近人黃慶萱，三民書局。

113.《修辭析論》，近人董季棠，益智書局。

114.《實用修辭學》，近人林月仙，偉文書局。

115.《文章破題技巧及修辭方法之研究》，近人徐芹庭，成文出版社。

116.《散文結構》，邱師燮友等，蘭台書局。

117.《文藝心理學》，近人朱光潛，開明書店。

118.《宋金四家文學批評研究》，近人張健，聯經出版社。

119. 《古典文學第六集》，古典文學研究會，學生書局。

120. 《中國藝術精神》，近人徐復觀，學生書局。

121. 《中國古典小說藝術欣賞》，近人賈文昭等，里仁書局。

122. 《中國庭園與人文思想》，近人黃長美，明文書局。

123. 《山水與古典》，近人林文月，純文學出版。

124. 《美的歷程》，近人李澤厚，元山書局。

125. 《詩詞例話》，近人周振甫，南琪出社版。

126. 《中國山水詩的起源》，J·D·Foodsham 厚著，鄧仕樑譯，香港中文大學

127. 《韓柳文研究法》，清代林紓，廣文書局。

128. 《柳宗元永州遊記校評》，清代徐善同，華岡出版社。

129. 《晚明小品選注》，近人朱劍心，商務人人文庫。

130. 《晚明小品論析》，近人陳少棠，源流出版社。

131. 《中國繪畫史》，近人俞崑編著，華正書局。

132. 《中國畫學全史》，近人鄭昶編著，中華書局。

133. 《中國古代山水畫史研究》，近人傅抱石，學海書局。

134. 《中國美術史論集》，近人黃君翁等，華岡出版社。

135. 《四庫全書總目提要》，清代紀昀等，商務印書館武英殿本。

136. 《現存宋著述目略》，中央圖書館編，中華叢書編審委員會。

137. 《叢書子目類編》，中國學術史研究所，中國學典館復館籌備處。

138. 《中國歷代詩文別集聯合書目》，中近人王民信等編，聯經出版社。

139. 《中國古籍研究叢刊》，未著編著，明倫出版社。

140. 《中國史學要籍介紹》，未著編著，明倫出版社。

141. 《中國歷代大事年表》，楊遠鳴編，傅文書局。

142. 《中國文學家大辭典》，譚嘉定編，世界書局。

143. 《中國人名大辭典》，勵龢等編，商務印書館。

144. 《歷代名人年里碑傳總表》，姜亮夫編，商務印書館。

145. 《宋人傳記資料索引》，昌彼德編，鼎文書局。

146. 《中國文學批評史上文與道的問題》，郭紹虞，武漢大學文哲系一卷一號。

147. 《理學與藝術》，錢穆，故宮季刊七～四。

148. 《陸游的文學批評述要》，張肇祺，學海雜誌。

149. 《唐宋古文運動的文統觀》，何寄彭，74 年比較文學會議。

150. 《魏晉的賦與自然》，小尾郊一著；高輝陽譯，創新周刊四三○期。

151.《新散文的勃興與發展》，陳敬三，文學苑風 50 年十一章之一。

152.《論小品文》，羅青，中外文學 60 年 6 月。

153.《論遊記文學》，朱偀，東方雜誌四十卷五號。

154.《杖底煙霞——山水遊記的藝術》，余光中，中華日報十二版 71 年 11 月 3 ～5 日。

155.《中國山水遊記的知性》，余光中，人間副刊 71 年 12 月 2、3 日。

156.《詩經中的山水景物》，王國瓔，中外文學八卷一期。

157.《漢賦中的山水景物》，王國瓔，中外文九卷五期。

158.《「樂土在那裏」——田園山水文學的心態》，黃志民，人與社會一卷三期。

159.《歐陽脩辭醉翁亭記的太守之樂是指什麼？》，鮑觀海，語文雜誌三期。

160.《李白的山水小品》，渡也，中央日報 74 年 5 月 9 日。

161.《柳宗元及其散文》，劉大杰，文學遺產選集三。

162.《遊記文學欣賞舉隅——從始得西山晏遊記談山水性》，謝松山，國教天地 65 年 11 月。

163.《萬簇千鑽入眼來——談張岱》，陳三，暢流二十卷三期。

164.《北宋史學的忠君觀念》，陳芳明，台大史研碩論 62 年。

165.《蘇東坡與詩畫合一之研究》，戴麗珠，師大國研碩論 64 年。

166.《山水畫中造景論之研究》，王友俊，文化藝術研究所碩論 62 年。

167.《宋元文人畫特質的研究》，李沛，文化藝術研究所碩論 63 年。

168.《北宋畫院之研究》，君雪瑜，台大史研碩論 65 年。

169.《北宋郭熙畫觀研究》，朱淑媛，文化藝術研究所碩論 68 年。

170.《王國維境界說之研究》，李炳南，師大國研碩論 65 年。

171.《韓柳文之比較研究》，儲砥中，政大中研碩論 55 年。

172.《柳宗元之研究》，羅清能，輔仁中研碩論 61 年。

173.《兩宋文話述詳》，劉懋君，東吳中研碩論 71 年。

174.《兩宋詠物詞研究》，馬寶蓮，師大國研碩論 72 年。

175.《江西詩社宗派研究》，龔鵬程，師大國研博論 72 年。

176.《唐代山水小品文研究》，陳啓佑，文化中研博論 74 年。